아빠의 빈구두를
신었습니다

살아온 날들이 살아갈 날들에게 전하는 따뜻한 위로와 용기

아빠의 빈구두를 신었습니다

안은미
에세이

페이퍼로드
paperroad

상실. 잃고 나니 그립고,
사라지니 아련하다.

누구나 부모를 잃는다. 우리의 부모가 그랬고, 나도 그랬다. 내 나이 마흔넷, 아빠를 떠나보낸 그 날이 아직도 선명하다. 1999년, 아빠는 폐암 선고를 받으셨다. 그 시절 폐암 말기는 곧 사망 선고나 다름없었다. 갑작스러운 선고 앞에서 고통스러워하시던 아빠는 부정과 분노의 시간을 거쳐 놀라울 만큼 빠르게 암과 죽음을 받아들이셨다. 그때부터 아빠는 죽음이 언제나 가까이 있음을 온몸으로 체험하며, 죽음과 조금씩 친해지셨다.

아빠는 연명의료에 매달리지 않으셨다. 대신 존엄한 마무리를 위해 사전연명의료의향서를 작성하고, 매년 유언장을 쓰며 차분히 죽음을 준비하셨다. 죽음 앞에서도 후회 없는 삶을 살아내시려 했다. 소중한 사람들을 환대하며 자신의 사명을 놓치지 않으셨고, 날마다 감사함으로 채우며 용서를 실천하셨다. 그리고 두려운 죽음이 아닌, 영원한 소망을 이야기하셨다.

죽음의 이별과 슬픔 앞에서 주저하는 나를 향해 아빠는 말씀하셨다. "죽음 백신을 놔 주는 거야." 앞으로 다가올 상실의 혼란과 슬픔을 잘 이겨내기를 바라는 마음이셨다. 마치 매년 맞는 독감 주사처럼, 나는 '죽음 백신'을 백 번도 넘게 맞았다. 놀랍게도 아빠가 놓아주신 그 백신의 효과는 컸다. 삶과 죽음의 경계에서 우리는 자연스럽게 이별을 맞이할 수 있었다. 함께 준비한 죽음은 평안했고, 장례 과정은 소박했으며, 때로는 평안함에 미소 지을 수 있는 여유마저 있었다.

하지만 슬픔에는 백신도 역부족이었다. 아빠를 사랑했던 만큼 애도의 시간은 깊고 무거웠다. 그럼에도 아빠의 기억과 추억을 더듬으며 끄적이던 글들은 오히려 위로가 되어 작은 행복을 선물해주었다. 시간이 흘러도 상실의 아픈 상처는 저절로 아물지 않았다. 상실은 흉터로 남아 때때로 다시 아팠다. 지금도 아빠가 즐겨 부르시던 노래가 들리거나, 아빠의 옛 친구들을 만날 때면 눈앞에 아른거리는 빈자리가 순간 아픔과 슬픔을 불러온다. 사랑하는 이를 잃은 슬픔은 완전히 끝낼 수 없는 것인지도 모른다. 아빠를 사랑했던 만큼 그 흔적이 남아 있고, 그것은 이제 내 삶의 일부가 되어 현재와 미래를 함께 걸어간다.

우리는 시차가 있을 뿐, 모두 부모를 떠나보내야 한다. 그리고 상실 이후의 삶은 이전과는 전혀 다른 모습으로 펼쳐진다. 나를 바라보시던 아빠의 따스한 눈빛, "아빠!"하고 불렀을 때의 그 익숙한 미소가 그립다. 일상에서 당연하게 여겼던 모든 순간이 아빠의 부재 속에서 특별한 기억으로 남았다. 상실을 겪기 전에는 그저 '슬픔'이라는 한 단어로만 상상했었다. 실제로 아빠를 보내고 나서야 알았다. 그 슬픔의 깊이를. 하지만 애도의 시간을 보낼수록 슬픔 이상의 감정과 의미들이 더해졌다. 슬픔을 이겨내려 애쓰기보다는 그 슬픔과 함께 살아가는 법을 배우며, 내 삶의 일부가 된 아빠의 발자취를 돌아보게 되었다.

죽음 앞에서 인간은 무기력할 수밖에 없지만, 삶과 죽음의 경계에서 죽음을 자연스럽게 받아들이신 아빠는 참으로 귀하고 아름다운 삶을 사셨다. 매일 아침 눈을 뜨시면 새로운 날에 감사하며 노래로 하루를 시작하셨다. 많이 드시지는 못해도 입에서 꿀이 나온다며 식사를 즐기셨고, 차 안에서 클래식 음악을 들으실 때면 "여기가 바로 예술의 전당이네!"라며 행복해하셨다. 끝까지 암 환우들과 사람들을 만나며 삶을 나누고 그들을 위해 기도하셨다. 숨쉬기조차 힘들어 엎드린 채 쪽잠을 주무셔야 했고, 병마와 싸우느라 몸은 괴로우셨지만 한 번도 슬퍼하거나 분노하지 않으셨다. 끝까지 아빠다운 모습으로, 좋은 생각을 선택하며 지혜로운 포기로 삶을 마무리하셨다. 소중한 것들을 뜨겁게 사랑하며 후회 없는 삶을 위해 남은 힘을 오롯이 쏟아냈다.

인생의 마흔을 넘은 우리는 치열하고 처절하게 경쟁하며 살아왔다. 지금도 조금만 더 노력하면 행복해질 수 있다고 믿으며 하루하루를 버티고 있다. 뭐든 이룰 법한 나이이지만 정작 제대로 이룬 것 하나 없다는 생각에 혼란스럽다. 자녀를 키우는 일도, 연로해지신 부모님을 모시는 일도 우리 삶의 무게가 되었다. 내 건강마저 빨간 신호가 켜지는 힘든 시기에, 나는 아빠의 죽음을 맞이했다.

돌아가신 후 겨울 끝자락, 현관에 고요히 놓인 아빠의 신발을 마주했다. 그리움이 물결처럼 밀려와 조심스레 발을 넣어

보았다. 낡은 가죽 사이로 스며든 아빠의 체온이 아직 남아 있는 듯했다. 걷는 발걸음마다 아빠가 걸어온 인생의 길이 내 앞에 펼쳐졌다. 흐릿했던 기억들이 선명해지며, 아빠의 희로애락과 고단했던 삶의 무게가 발바닥을 통해 온몸으로 전해져 왔다. 그렇게 나는 아빠가 되어 그의 세상을 걸어보았다.

돌아가신 지 2년이 지난 지금, 아빠가 남겨주신 삶은 현재를 사는 나에게 희망을 찾는 여정이 되어주었고, 영원한 소망을 품게 했으며, 진정한 아름다움에 다가가는 길을 열어주었다. 내 삶에 깊은 영향을 주는 아빠의 발자취를 지금도 따라가고 있으며, 마흔의 나이에도 여전히 성장하고 있다. 아빠의 신발을 신으며 삶을 공감하고 성장했듯이, 나 또한 언젠가 내 신발을 기꺼이 내어주고 싶다.

아빠가 남기신 삶의 철학은 마지막 선물이었다. 슬픔에 더해진 아픔, 감사, 행복, 희망, 아름다움, 정…. 이 모든 선물과 함께 살아가는 이야기를 책에 담다 보니, 그리움이 몰려와도 결국 그 모든 기억과 추억은 사랑으로 귀결되는 놀라운 경험을 하게 되었다. 이 책은 상실로부터 시작된 삶을 경험하고 공감하며 성장해가는 서사의 일부이다.

차례

1장 아름다운 이별
영원한 소망

2장 한 사람의 인생을 알아버리면
그는 남이 될 수 없다

3장 아빠와 함께한 자연이
나에게도 온다

4장 슬기로운
산 속 생활

아름다운 이별
영원한 소망

죽음을
담담히 마주하다

아빠! 아빠! 아빠! 수없이 불렀다. 목소리를 듣고 또 깨어날까 싶어 계속 불렀다. 그러나 이번에는 깨어나지 않았다. 한 달 전부터 아빠는 혼수가 자주 왔다. 처음 혼수가 왔을 때의 일이다. 침대에 누워있던 아빠가 갑자기 일으켜 달라고 했다. 온 몸이 부어서 꽤 무거웠다. 힘껏 아빠를 일으키는 순간, 내 몸으로 힘없이 쓰러졌다. 내 무릎 위에 축 처진 아빠를 보며 놀란 가슴에 소리만 질렀다. 아빠! 아빠! 아빠! 귀에 대고 얼마나 큰 소리로 불렀는지 모른다. 2분 정도 되었을까. 아빠는 깨어나면서 "왜 이렇게 불러?"라며 시끄럽다는 듯 말했다.

"아빠! 아빠 방금 의식을 잃었어요. 죽은 줄 알았어요."라며 엉엉 울어댔다. 아빠는 잠시 가만히 있더니. "순간 참 편안하더라. 그런데 네 소리가 저 멀리서 들려오더니 깨어났네. 은미야! 놀라지 말고 다음에 또 같은 상황이 오면 권사님을 불러. 권사님은 환자들 죽음을 많이 경험하셨으니 잘 도와주실 거야." 아빠는 죽음에 담대했다. 괜찮다거나 걱정하지 말라는 희망의 메시지도 주지 않았다. 아빠는 그 시간을 소중하게 생각하며 어떠한 감정 소모도 없이 삶과 죽음의 경계에 담담하게 다가섰다. "아빠가 죽으면 의사 선생님 부르고, 경찰 부르고…." 그다음은 수없이 해왔던 유언을 하셨다.

'이젠 정말 헤어질 때인가.'

마지막을 정리하는 아빠의 말씀에 내 슬픔이 아빠에게 전달될까 봐 목이 멘 채 소리 없이 눈물만 흘렸다. 그때부터 시작이다. 밤낮없이 틈만 나면 아빠 방에 들어가 깨어있는지 확인하고, 자고 계시면 숨을 쉬고 있는지 확인했다. 며칠 후 혼수가 왔다. 그리고 또 왔다. 그때마다 손을 따서 피를 통하게 하거나, 아빠를 열심히 부르며 흔들었다. 그러면 아빠는 다시 깨어났다. 돌아가신 그날도 마지막이 아니길 바라는 마음으로 아빠를 수도 없이 불렀다. 그런데 전과는 달랐다. 너무 편안하게 누워계신 아빠.

'이젠 정말 돌아가셨구나'

그날은 온 가족이 있던 날이다. 아빠의 몸 상태가 안 좋아지면서 가족이 수시로 모였다. 나는 두 달 내내 상태가 나빠진 아빠를 돌봤다. 아빠에겐 침대에서 일어나는 것도, 화장실로 걸어가는 것도, 옷을 입는 것도 너무 힘들었다. 무엇보다 온몸을 돌아다니는 통증은 아빠를 괴롭게 했다. 그날도 난 아빠 옆에서 내내 주물러드리며 함께 있었다.

마을로 저녁에는 손님들이 오기로 했다. 처음 방문한 가족들을 위해 바비큐를 하기로 했는데 아빠는 궁금했는지 물으셨다.

"손님들은 다 왔냐? 고기는 다 구웠어?"

"손님들은 다 왔고 지금 불 피고 있데요."

아빠를 계속 주무르고 있는데 제부가 들어왔다.

"가서 손님들에게 인사하세요. 제가 있을게요."

나는 제부에게 아빠를 맡기고 나왔다.

"아빠, 갔다 올게요."

"그래 갔다 와."

그게 마지막 대화였다.

나는 손님들에게 마을을 소개해주며 꽁꽁 얼어있는 냇가로 내려가 함께 시간을 보냈다. 방에서 나온 지 한 시간쯤 되었으려나. 고기를 굽고 함께 밥을 먹으려고 식탁에 앉아 있는데 동생이 급히 다가왔다.

"아빠가 또 쓰러졌어."

이야기를 듣자마자 동생과 나는 아빠 방으로 달려갔다. 아무리 불러도 아빠는 깨어나지 못했다. 저녁 시간에는 보통 아빠와 함께 있었다. 그런데 그날은 아빠의 옆을 지키지 못했다. 너무 속상했다. 며칠 기력이 없으셨어도 정신은 그대로였고 점심도 잘 드셔서 잠깐 비운 사이에 돌아가실 거라는 생각은 못 했다.

아빠의 죽음이 현실이 된 순간, 한없이 흐르는 눈물을 닦으며 이 땅에서의 마지막을 준비했다. 돌침대의 전기를 빼고, 이불도 치웠다. 아빠 침대에 있던 핸드폰, 수시로 마셨던 물과 소금, 안마할 때 사용했던 마사지건 같은 물건들을 하나씩 정리했다. 눈물이 그치지 않고 계속 흐르니 앞이 잘 보이지 않았다.

아직도 얼굴에는 온기가 있는데…. 오랫동안 아빠 옆에 앉아 얼굴과 손을 만지며 슬픈 시간을 보냈다. 늦은 밤에 경찰,

과학수사대, 의사 선생님까지 오실 분들은 다 오셨다. 사망 원인은 폐암의 다발성 장기 전이로 인한 다발성 장기부전이었다. 돌아가셨을 때 필요한 행정 절차들이 끝났고 우리만의 고요한 시간이 찾아왔다.

아빠의 몸은 차갑게 식어갔다. 아빠의 유언대로 사위들은 수의가 아닌 명절에 입었던 한복을 입혀드렸다. 이제 아빠를 볼 수 없다는 생각에 더 열심히 보고 부르며, 그 시간을 소중히 했다. 죽음은 두려운 게 아니라고 언제나 가르쳐주었던 아빠. 아빠의 모습에는 고통이나 두려움이 없었다. 오직 평안과 안식만 있을 뿐. 그런 아빠의 모습은 아름다웠다. 부었던 얼굴도 조금씩 만져드리고, 입술도 만져드리고. 이제 더는 아프지 않을 아빠를 생각하니 우리에게도 슬픔을 마주할 힘이 생겼다.

빈소 없는 장례를 치렀다. 먼저 천국 가는 아빠를 배웅하는 시간은 고요했고, 슬픔 못지않게 사랑과 평안도 가득했다. 화장터에서 불이 타오르는 순간, 이제는 가야 할 곳으로 가셨다고 생각하니 마음이 평안해졌다. 헤어지는 슬픔에 눈물은 한없이 흘러도, 웃으며 보냈다. 마지막 작별 인사를 했다.

"아빠! 아픔 없는 하늘나라에서 행복하세요. 힘든 세상 살

아내느라 고생하셨어요. 그동안 고마웠어요. 사랑해요. 천국에서 다시 만나요."

아빠의 죽음은 우리에게 슬픔을 안겼지만, 마지막이 아니기에 평온함도 주었다. 사랑과 평안 그리고 삶을 소중하게 살아갈 용기를 남긴 채 아빠는 하늘나라로 가셨다.

끝이 보여도
품위는 지킬게

희귀난치성 자가면역질환을 갖고 살아가는 분이 계신다. 식사를 하면 음식이 몸에 흡수가 되지 않고 배가 아파 화장실을 계속 가야 한다. 낮에는 사회생활이 힘들고 밤에는 깊은 잠을 들 수 없으니 삶이 괴롭다. 몸이 힘들 때마다 회복을 위해 마을에 찾아오시는 그분.

그분은 마을에 오실 때마다 엄마표 밥상과 물이 맛있고 귀하다며, 감사한 마음을 넘치게 표현하셨다. 맨발 걷기, 물멍, 폭포멍, 숲멍, 불멍으로 자연을 누리고 황토 찜질방에서 몸을 데우면서 정성을 다해 회복하는 시간을 가진다.

만나면 언제나 짠하고 걱정이 되지만 그녀는 언제나 밝다.

"아프다고 괴로워하면 뭐하겠어요? 좋게 생각하고 웃으며 사는 게 낫지."

이런 긍정적인 생각으로 살아가니 이야기를 함께 나누는 나도 밝은 에너지를 받는다.

어느 추운 겨울날, 그녀는 회복을 위해 마을로 찾아왔다. 이전과 달리 넘치던 활기가 사라지고 앙상한 몸으로 오셨다. 성인 여성의 몸임에도 불구하고 초등학생인 내 딸의 옷을 입혀도 넉넉하리만큼 그녀의 몸은 왜소했다. 기울어진 햇빛 사이 광대의 움푹 파인 살이 보였고, 코 밑에는 큰 뾰루지 같은 트러블이 생겨 그동안 고생한 흔적이 남아 있었다. 평생 직장을 다녔지만, 몸이 아파서 2주를 쉰 적은 이번이 처음이라고 한다. 죽음을 진지하게 생각할 정도로 심하게 앓았던 고통의 흔적이 고스란히 느껴졌다.

그날도 난롯가에 앉아, 무쇠 난로 속에 활활 타고 있는 참나무의 불꽃처럼 이야기는 계속 피어올랐다. 요즘 계속 밥을 잘 못 먹고 힘들었다는 그녀의 이야기를 시작으로 어느덧 죽음에 대해 이야기했다. 어떤 불편함과 판단도 없이 서로 마음속 깊은 이야기를 나누며 오롯이 듣는 시간이었다. 그분은 오랫동안 봉사활동을 하면서 죽음이 임박한 어르신들을 만나오셨다. 삶에서 밥 먹는 시간이 얼마나 소중한가. 그분은 봉사자가 없으면 거의 씹지도 못한 채 밥을 삼켜야 하는 어르신들의 상황을 안타까워했다. 사실 그 안타까움은 자신이 경험할 미래의 슬픔이기도 했다.

그녀 스스로 해낼 힘이 하나도 없게 되자 진지한 고민을 하게 되었다. 그녀는 몸의 기능이 서서히 멈추어 죽음을 기다려야 할 때 안락사를 하고 싶은 마음이 생겼다. 그게 자신과 가족을 위한 것이 아닐까라고 생각했다. 하지만 딸에게는 엄마의 안락사가 더 괴로울 수 있다는 생각에 죽음을 선택할 수 없다는 결론을 내렸다.

우리나라에서 금지된 안락사를 그녀는 왜 진지하게 고민했을까? 그건 끝이 보여도 품위를 지키고 싶은 마음에서 시작되었다. 닥쳐올 죽음 앞에 스스로 밥을 먹지 못하거나 화장실을 혼자 가지 못하는 일상의 작은 좌절이 쌓이면 죽고 싶은 마음이 더욱 간절해진다. 죽음을 앞두고 있어도 자신을 사랑할 수 없으면 남은 삶을 조금도 살아갈 수 없다. 몸이 아프다고 내가 사라진 건 아니다. 상황은 비참해도 나를 존중하는 마음마저 상처를 입힐 순 없다. 그래서 스스로 존중하고 존중받는 일은 죽는 날까지 함께해야 한다.

아빠는 언제나 품위 있게 죽고 싶어 했다. 죽는 날까지 자신을 포함해 모두를 존중하며 자신의 존엄성을 지키고자 했다. 아픈 이들이라면 모두가 갖는 바람이 아닐까? 아니, 아프지 않은 나도 그랬다. 하다못해 계단에서 넘어졌을 때, 주변에서 모두 나를 걱정하며 다가왔지만 나는 아픈 것보다 창피한 게 먼저였다. 후다닥 일어나 괜찮다며 가던 길 가시라는 내 손짓만 봐도 그렇다. 누구나 넘어질 수 있는 그 실수에도 부끄럽고 수치스러운데, 나의 아픔으로 일상이 사라질 때 느끼는 속상함과 부끄러움을 머지않아 죽는다고 남에게 보이고 싶을까?

아빠는 몸이 아프다고 속상해하며 시간을 허비하지 않았다. 아픔을 받아들이고 죽을 때까지 자신이 처한 상황에서 최선을 다하셨다. 가족에게 도움을 청했고 의지할 수 있는 건 의지하며 온 힘을 다해 품위를 지키셨다.

아빠는 당뇨망막증으로 시력이 점점 나빠졌다. 실명이 될 수 있다고 했다. 목소리를 듣지 않으면 누구인지 알기 힘들어진 때에 아빠는 짐을 정리하자고 하셨다. 1년에 한 번씩 유언장을 쓰며 물건을 정리하셨고, 사용하지 않는 좋은 물건이나 받았던 선물들은 필요한 사람들에게 나누었다. 그러나 지금은 그런 정리가 아니었다. 여름옷은 여기, 겨울옷은 저기, 정장, 츄리닝, 한복, 속옷, 양말, 장갑 등 하나하나 아빠가 말하는 곳에 물건을 정리했다. 아무것도 볼 수 없을 때를 대비해 어디에 어떤 물건이 있는지 하나하나 기억하며 아빠가 원하는 방식으로 정리했다. 옷을 찾아서 입는 순간까지 족히 삼십 분은 걸리지만 언제나 해내셨다. 가끔 손끝이 부어 옷의 재질을 판단하는 게 어려워서 이 옷 저 옷을 만지고 있으면 찾아드리기도 했다.

돌아가시기 두 달 전, 아빠의 장딴지와 발이 풍선처럼 부어 걷는 게 힘들어졌다. 부은 몸에 맞는 바지와 신발이 없었다. 아빠는 최대한 자신의 힘으로 움직이려고 노력하셨다. 가장 쉬운 동선을 위해 가구의 위치를 바꾸고 거동에 도움이 될 물건들을 찾으셨다. 우리는 침대를 화장실 바로 앞으로 옮겼다. 끈으로 침대 머리와 화장실을 연결해 침대에서 일어나자마자 끈을 잡을 수 있도록 했다. 중심을 잃어도 넘어지지 않게 만반의 준비를 했다. 아빠는 끝까지 힘을 발휘하셨다. 부축하기는 했어도 돌아가신 날 화장실에 들어가 샤워도 하실 만큼 그 마음은 놓지 않으셨다. "혼자서는 할 수 없는 어린아이가 되었네."라며 아쉬워 하셨지만 한탄하지는 않았다. 아픔을 받아들였고 견디어냈으며 혼자 할 수 있게 만들어주길 부탁하셨다.

아빠의 품위를 지켜드리기 위해 최선을 다했다. 그게 자식으로서 표현할 수 있는 사랑이었다. 그래도 내리사랑이라고, 끝이 보이는 힘든 상황에서도 아빠는 여전히 나를 먼저 챙기셨다. 돌봐줄 사람 없이 보내야 하는 긴밤이 괴로웠을 텐데, 아프면 본인만 생각하기도 벅찰 텐데, 매일 밤 "자러 가야지."라며 나를 꼭 방으로 보내셨다. 그리고 하루도 빠짐없이 표현하셨다.

"수고했어!"

흔들림 없는 일상 속 아빠의 품위는 죽음조차 떨어뜨릴 수 없었다.

아빠의
아픈 손과 발

아빠의 차디찬 손과 발을 자주 만졌다. 지금도 아빠의 손과 발에 온도와 촉감이 생생하다. 바싹 마른 손. 살 없이 뼈만 남아 앙상한 아빠의 손과 발은 혈액이 잘 돌지 않아 늘 차가웠다. 살을 뚫고 올라오는 통증은 아빠를 괴롭혔다.

아빠는 낮에 활동할 때는 잘 버티었지만 고된 하루를 보내고 집에 돌아오면 그때부터 극심한 통증에 시달리셨다. 주무시기 전에 손발을 주무르며 찜질을 했다. 가족들은 번갈아 가며 아빠를 주물러 드렸다. 아빠의 통증이 줄어들길 바라며 이 방법, 저 방법으로 정성을 다했다. 가끔은 손자 손녀도 부모의 행동을 보며 자연스레 할아버지의 발과 다리, 손을 주물러 드렸다.

　돌아가신 아빠의 손을 생각하면 가슴이 미어진다. 손을 떠올리면 아빠가 느껴진다. 아빠의 얼굴을 보는 것 같다. 아빠의 말소리가 들리며, 아빠의 힘든 삶이 떠오른다. 아빠의 시린 손, 감각 없는 손, 찌릿함으로 불편해하던 손. 아빠는 그 손 때문에 장갑을 달고 살았다.

　겨울에는 오천 원짜리 요술 장갑으로, 따뜻한 계절에는 결혼식 때 사용하는 하얀 장갑을 끼며 생활했다. 장갑 낀 손으로 밥을 먹고, 물도 마시며, 글도 썼다. 아빠 손은 힘이 없어 물건들을 자주 놓쳤다. 그래도 불평을 하지 않으시니, 대수롭지 않게 생각했다. 그러던 여름날 장갑을 끼며 식사하는 아빠를 보면서 적당한 장갑을 빨리 찾아보기로 했다. 미끄럼 방지가 되어 있으면서 손가락 끝은 덮지 않는, 손가락은 지압처럼 잡아주지만 갑갑하지 않은 장갑을 드디어 찾아냈다. 왜 이제야 찾았는지, 빨리 알아보지 못했던 내가 한심했다.

　아빠는 장갑을 껴드린 내게 아주 마음에 든다며 고마워하셨다. 그 이만 원짜리 장갑이 뭐라고 마흔 넘은 딸이 사준 그 장갑을 여기저기 자랑하셨다. 하루는 장갑을 챙기지 못해 아빠가 장갑을 쓰지 못했다. 여유분이 필요할 것 같아 나는 기분 좋게 하나를 더 샀다. 그런데 아빠는 있는 장갑을 왜 또 샀냐며 장갑 두 개를 사치스럽게 생각하셨다. 그렇게 손이 불편한데도 장갑 하나 더 샀다고 나무라는 한마디에, 나는 내심 아빠 본인을 위해서 그 정도의 사치도 안 되는지 묻고 싶었다. 그럴 때는 자신보다 남을 먼저 생각하는 아빠가 존경스러우면서도 안타까웠다.

아빠의 손만 떠올려도 그 당시의 힘듦, 슬픔, 행복, 감사, 존경, 아쉬움 같은 여러 감정이 느껴진다. 많이 아프셔서 누구보다 오래 잡았던 아빠의 손이었다. 아빠의 아픈 손을 열심히 만지며 아빠를 향한 사랑을 표현한 것 같아 다행이었다. 그 벅참이 있어 아픔이 한편으로는 감사로 다가온다.

파도가 없다면
바다가 아니다

"파도가 없다면야 바다가 아니다. 고난의 파랑과 고통의 너울이 바다의 민낯임을 깨달으며 가야 할 길 돛을 펼치라"는 아빠의 〈하늘 항구〉라는 시의 일부분이다. 아빠는 바다에 파도가 있듯 삶에 고난과 고통이 있다고 여겼다. 그러니 삶이 힘들어도 좌절할 이유가 없고 묵묵히 가야 할 길을 지나가면 된다고 여겼다.

아빠에게도 고난의 시간들은 파도처럼 자주 찾아왔다. 아빠는 통증과 싸워야 하는 밤을 힘들어했다. 모두가 잠든 밤에 혼자 다른 세상의 사람인 듯 외롭고 괴로워했다. 그래도 그냥 지나가야 한다며 아빠는 버티었다. 마을에 방문하시는 말기

암 환우 분들을 보면 심한 통증으로 고통스러워한다. 아빠가 괴로워했던 시간들을 알기에 아파서 힘들어하는 분들을 볼 때마다 마음이 참 힘들다. 보호자 분들에게 묻는다.

"제일 힘든 게 뭐예요?"

대부분은 이렇게 말한다.

"아픈데 해줄 건 없고 바라만 보고 있어야 되는 거죠." 초기에는 병원 예약을 하고, 치료를 위해 데려다주고, 자연요법을 위해 좋은 곳을 찾아가기도 한다. 암에 좋다는 식품을 구하고 요리를 해주며 열심을 다한다. 암 환우의 보호자들을 만날 때마다 상황은 달라도 공통적으로 자신의 위치에서 최선을 다한다. 그런 모습을 보면 그 노력의 크기에 놀라곤 한다. 그러나 통증이 심해지면 해줄 게 없다. 밤낮없이 주물러주거나 마약 패치를 붙여주는 게 다이다. 오롯이 혼자 힘듦을 견뎌내야 한다.

언제는 췌장암 말기 환자 부부가 방문했다. 눈 때문에 길이 미끄러워 언덕을 올라오기가 힘든 날이었다. 짧은 언덕길이지만 눈을 치우지 못하면 견인차를 불러야 하는 경우가 있어 조심스러웠다. 그러나 보호자에게 상황은 중요하지 않았다. 아내의 상태가 안 좋아 빨리 마을로 가서 쉬고 싶어 한다고 했다. 보호자는 먼 길을 달려왔고, 미끄러운 언덕을 한 번에 올라왔다. 보호자의 이러한 노력은 감동적이었다. 최선을 다했지만 통증과 관련해서는 해줄 수 있는 게 없었다. 남편은 아내의 통증을 지켜볼 수밖에 없어서 괴로워했다. 해줄 수 있는 게 없을 때는 불안과 걱정의 마음이 잔소리로 변했다. 좀 더 걷고 움직이길 바라고, 좀 더 먹기를 바라며, 안 좋은 건 가려서 먹길 바라는 마음이 잔소리로 이어진다. 삼자가 볼 때는 너무하다 싶겠지만 잔소리하는 마음만은 충분히 이해된다. 어떻게든 낫게 하고 싶고, 덜 아프길 바라는 마음인 것을. 그러나 우리 모두는 안다. 아픈 당사자가 가장 힘들며 우리의 힘듦은 그다음이라는 사실을.

　아빠도 마지막 두 달은 참 힘들었다. '참기 대장'이라는 별명을 붙일 정도로 아빠는 무엇이든 잘 참았다. 면역력이 떨어질 때마다 찾아오는 대상포진에도 놀라울 정도로 참으며 일상생활을 유지했다. 그러나 마지막 두 달은 달랐다. 기침을 시작하면 길 때는 꼬박 한 시간을 하셨고, 가래를 제대로 뱉어야 기침이 멈췄다. 등을 계속 두드려드려도 아빠의 기침은 계속된다. 그렇게 기침을 하고나면 기운을 완전히 잃어버려 힘 하나 없는 상태가 되었다. 빼싹 마른 몸이 부어서 거대해졌고 손을 잡으면 뼈만 있던 손도 부어 있었다. 손끝이 너무 부어서 터질 것 같았고, 매번 끼던 장갑은 더는 낄 수 없었다. 아빠 몸의 변화들. 피부에는 탄력이 하나도 없었고, 목도 부어서 목소리만 들어도 무언가 눌린 듯한 소리가 났다. 가려움증, 등과 어깨뼈 통증이 심하다보니 효자손이나 자극이 되는 수세미 같은 긴 막대로 피부를 문질렀다. 살을 긁자 피로 범벅이 되고 그 상처들은 아물 기회도 얻지 못했다. 어떤 날은 화장실에 들어가 통증을 덜 느끼게 하려고 몸에 찬물을 계속 뿌리며 시간을 보냈다. 고통이 너무 심할 때 아빠는 말씀하셨다.

"위암이셨던 할아버지는 아빠 품에서 눈감고 찬양하다 편안하게 돌아가셨고, 할머니는 전날까지 식사도 잘하시고 주무시다가 평안히 돌아가셨는데 나는 왜 이렇게 힘들까?"

아빠는 할아버지와 할머니처럼 통증 같은 괴로움 없는 평안한 죽음을 기다리셨지만, 끝까지 처절하게 고통을 감당하며 버티셔야 했다.

나는 그 고통을 줄여드리고 싶었다. 아빠가 기력이 없을 때 드실 수 있는 약은 없는지 찾아보았고, 비타민이라도 드시게 하고 싶었다. 그러나 아빠의 반응은 한결같았다.

"그걸 먹는다고 괜찮아질 몸이 아니야."

주변에서는 병원에 가서 잠깐이라도 도움을 받으라고 설득하기도 했지만, 병원에 대한 반응 역시 같았다. 며칠 후 아빠는 돌아가셨다. 돌아가실 날이 멀지 않았다는 걸 몸이 알고 있었나보다. 살기 위한 노력보다 받아들이는 마음으로 마지막을 보내셨던 아빠.

　아빠의 시 〈하늘 항구〉는 아빠 삶의 철학이 담긴 작품이다. 아빠는 힘든 인생은 당연한 거라고, 언젠가는 끝나고 하늘나라에 간다고 확신했다. 영혼의 닻이 하늘에 닿아 있다면 그 뱃길은 이미 정해졌으니 마음 단단히 먹고 파도가 있는 바다를 항해하자고 했다. 암, 당뇨, 고혈압의 증상과 통증을 당연하게 받아들였고, 당뇨로 시력이 저하되어 앞이 보이지 않을 때에도 불평이나 불안한 심리상태를 보이기보다는 짐 정리를 시작했다. 항상 깔끔하고 모든 것들을 알아서 척척 해왔던 아빠가 움직이기도 힘들고 보이지도 않는 삶을 수용하는 게 결코 쉽지 않았을 텐데, 아빠는 아무렇지도 않은 듯 하루하루를 그렇게 살아갔다. 항해의 끝이라는 흔들리지 않는 삶의 지표를 놓고 파도를 타며 마지막까지 의연하게 살다 가셨다. 자신의 의지로 파도를 없애려는 헛수고는 하지 않았다.

　우리는 삶이 고통이 아니길 바란다. 그러나 파도가 없다면 바다가 아니다. 인생의 항해를 하면서 파도가 없길 바라지는 않겠다. 단단한 마음으로 고난과 고통이 당연함을 받아들이며 항해할 것이다. 고통 가운데 행복의 순간을 경험하듯이 인생의 파도를 타며 살아갈 때 진정한 삶을 알게 되겠지. 항해를 마치는 그날, 모든 힘듦을 털어버리며 아름다운 삶이었다고 이야기하고 싶다.

하늘 항구

안도현 목사

영혼의 닻이 하늘에 닿아 있다면
그 뱃길은 이미 정해진 것이다
가야 할 길
가야 할 길
돛을 펼쳐라
파도가 없다면야 바다가 아니다
고난의 파랑(波浪) 고통의 너울
바다의 민낯임을
그대 모르랴

진눈깨비 날리고

바람 드센데

'당신'이라는 뱃전에

곱은 손으로 걸어놓는 소망의 등불

꺼져가는 심지에 눈물기름을 채워

언 등피를 문지르는 컴컴한 새벽, 핏빛

장막을 찢고

해는 떠 오른다

영혼의 닻이 하늘에 닿아 있다면

그 뱃길은 벌써 정해진 것이다

항해의 끝은,

있다!

죽음 백신의
효과

아빠는 1999년 폐암 선고를 받았다. 암에 걸리면 죽는다고 생각한 그 시절, 폐암 말기 선고는 사형선고나 다름없었다. 병원에서는 크기가 9cm나 되는 악성종양이라 치료가 어려워 희망이 없다고 했다. 아빠는 선고 이후 하루를 십 년처럼 느끼며 괴로워했다. 나 또한 예기치 못한 시련에 원망하고 분노하며 기도로 매달렸다.

아빠는 서울의 한 대형교회에서 부목사로 일하다가 1990년에 교회가 없는 시골 마을들을 찾아다녔다. 발견한 마을은 김씨 또는 이씨만 사는, 산으로 둘러싸여 외부에서는 보이지 않는 곳이었다. 세상의 이치대로라면 들어가서는 안 될 곳이었을 텐데⋯ 아빠는 그곳이야말로 가야 할 곳이라 믿었다. 믿음 하나로 교회를 세웠지만 역시 교회를 운영하는 건 힘들었다. 마을에 목사가 들어왔다고 소금을 뿌리는 주민도 있었지만, 마을 어르신들과 좋은 관계를 맺으며 교회를 지켜왔다. 이제야 한숨을 돌리려 할 때 아빠에게 암이 찾아왔다.

'아빠가 교회 없는 마을에 교회를 세우고 주님의 일을 한다고 얼마나 힘들었는데⋯ 이제는 죽는다고요?'

스무 살에 나의 슬픔과 분노는 극에 달했다.

'아빠도 억울하겠지. 화가 나겠지.'

아빠도 나와 같은 마음일 줄 알았다. 그런데 아빠는 역시 어른이었다. 암과 죽음을 받아들이는 괴로움의 시간은 아주 짧았다. 어느새 아빠에겐 평안이 찾아왔고, 그때부터 죽음과 친해지며 아름다운 죽음을 준비했다.

매년 유언장에 장례 절차를 남겼고, 아빠가 바라는 대로 우리가 진행해주길 부탁하셨다. 그리고 가족과 지인들에게 감사한 마음을 담아 마지막 인사를 짧게 남겼다. 매년 유언장을 읽어주셨는데 그때마다 뭐가 그렇게 슬픈지 눈물이 한가득 흘렀다. 아빠는 실험대상에 동의하며 병원을 찾아가기도 하고, 사전연명의료의향서를 작성해서 연명치료를 거부하며 다가올 죽음을 준비했다. 아빠가 죽음을 준비하는 과정은 불안하기보다는 오히려 마음에 안정을 주었다.

아빠는 관혼상제의 허례허식을 안타깝게 여겨, 우리의 결혼식은 화려하지 않길 바라고 사람들에게 부담되지 않길 바랐다. 같은 생각인 나는 저렴한 커플링과 함께 결혼식을 준비했고 많은 사람들에게 알리지 않았다. 내 결혼식의 하객은 목사님들과 교인들이 대부분이었다. 아빠는 그분들께 더는 부담을 주고 싶지 않다고 하셨다. 그래서 여동생의 결혼식은 모든 교회가 예배를 드리는 낮 11시에 주일 예배와 함께 진행했다. 목회자나 교인들이 참석하지 못하는 이유가 확실하니 부담이 가지 않는다며 편안해하셨다. 그리고 결혼식에는 참석했지만 교회를 다니지 않는 하객들에게는 하나님을 알려주었다. 하객들의 반응도 나쁘지 않았다.

간소화한 결혼식처럼 아빠의 장례식도 같았다. 아빠는 항상 유언으로 말씀하셨다.

"빈소는 차릴 필요 없고, 화장터 빨리 예약해서 삼일장 하지 말고 바로 화장해. 자리가 없는 경우가 많으니까 없으면 다른 지역을 알아보고. 가족이랑 교인들에게만 알리고, 다른 사람들은 나중에 알려. 당일에 알리면 힘들게 인사하러 올 수 있으니까 부담 주지 말아야지. 나중에 정중히 인사 전해줘. 먼저 하늘나라에 가니까 거기서 만나자고…."

아빠가 준비한 죽음은 장례식의 구체적인 절차뿐만은 아니었다. 표현이 부족할까 싶어 고맙다는 인사를 수시로 하셨고 우리의 이별이 슬픔을 넘어서길 바라셨다. 아빠는 죽음에 관한 이야기를 언제나 편하게 꺼내 놓으셨다. 일상에서 나누게 된 죽음의 대화는 피해야 할 주제가 아니었다. 아빠가 말해왔던 웰다잉 이야기는 아빠가 원하는 죽음에 미리 다가가 공감하게 했고 죽음과 친밀해지게 했다.

아빠가 준비한 존엄한 죽음에 대한 이야기들은 '죽음 백신'이었다. 아빠는 죽음의 이별과 슬픔 앞에 "죽음 백신을 놔주는 거야."라며 두려움과 슬픔만은 아니길 바랐다. 모두가 유언장을 써보길 권했고, 돌아가신 분의 장례식장을 갈 때면 아빠의 죽음을 준비하듯 우리에게 다시 유언을 남겼다. 가족들이 모일 때마다 유언을 하셨으니 그 수를 세면 100번은 되지 않을까 싶다. 반복된 '죽음 백신'의 효과는 아빠가 돌아가시자마자 바로 나타났다. 우리는 무엇을 해야 할지 너무나 명확히 알고 있었고, 가족들끼리 무엇을 결정하기 위해 서로 의논할 일도 없었다. 삶과 죽음의 경계에서 죽음을 자연스럽게 대했

고 이별의 모든 순간이 순조롭고 평안했다. 돌아가신 지 2년
이 지난 지금도 사람들에게 연락이 오면 아빠가 남긴 유언을
전한다.

"먼저 하늘나라에 가신다고요. 거기서 만나자고 하셨어요."

아빠가 바라던 대로 온 가족이 평안하게 아름다운 죽음을
준비하고 맞이했다. 그건 '죽음 백신'을 미리 나누어준 아빠의
노력 덕분이었다. 아빠의 죽음으로 맞이한 상실은 생각보다
컸다. 그러나 함께 준비한 죽음이어서 이별의 슬픔은 안정과
사랑으로 엮여 있었다. 함께 죽음에 다가서니 마침내 슬프지
만 아름다웠다.

마지막 날들은
사랑이었다

아빠는 베풀어서 행복한 사람이었다. 고등학생 때부터 한센병으로 불리는 환자들을 만났다. 돕고 싶은 마음으로 시작한 봉사였지만 생각보다 쉽지는 않았다. 환자의 썩어 물러진 피부를 보거나 역한 냄새를 견디는 게 힘들었다. 함께 밥을 먹으면 소화가 되지 않아 처음에는 소화제를 달고 살았다고 했다. 그래도 도움이 필요한 그들에게 달려갔고 그 세월이 5년이었다. 그때 아빠는 깨달았다. 사랑으로 베푸는 삶이 아빠를 행복하게 만든다는 것을.

고등학교를 졸업하기 직전의 겨울, 당시의 내게는 시간이 넘치게 많았다. 친구들이 의미 있는 일을 하자며 봉사활동을 신청했다. 장애아동을 돌보며 식사 도우미를 하거나 체육관 청소를 하면서 며칠을 보냈다. 장애아동을 돌봤던 기억이 꽤 생생하다. 밥을 먹이면 힘겹게 먹다가 다시 뱉거나 내 얼굴에 음식물을 묻히곤 했다. 쓸모 있는 사람이 된 나의 첫 봉사는 꽤 즐거웠다. 그런데 며칠 시도한 나와 다르게 그 시절 고등학생 나이에 한센병 환자들을 몇 년이나 만난 아빠의 생각과 의지가 놀라웠다. 아빠는 어떻게 그들에게 손을 내밀게 되었는지 궁금했다. 내 물음에 아빠는 이야기해주셨다.

"고등학생 때 혼자 도시로 나와 자취방을 얻어 학교를 다녔어. 그런데 방에 쥐구멍이 있던 거야. 어느 날 연탄불을 피웠는데 가스가 새서 중독됐거든. 겨우 마당으로 기어 나와 엎어져 있는데 이웃 어른이 발견해서 무사했지. 그때 나는 다시 태어난 거잖아. 새로운 생명을 얻은 감사로 의미 있는 일을 찾기 시작했지. 그때 시작된 거야."

아빠가 학생 때 가장 감명 깊게 읽었던 책은 심훈의 『상록수』였다. 농촌 계몽을 위해 헌신적으로 일한 소설의 주인공 채영신처럼 살겠다고 다짐해왔던 아빠. 중학생 때의 다짐을 고등학생 때의 죽을 뻔한 경험으로 되새겼고, 결국 힘든 이들을 돌아볼 줄 아는 사람으로 사셨다. '메멘토 모리'를 항상 이야기했던 아빠. 아빠는 죽음을 기억하며 가치 있는 삶을 추구했다. 죽음을 생각할수록 욕심은 적어지고, 사랑을 생각할수록 나눔은 커졌다.

아빠의 베푸는 성정에는 유림이셨던 할아버지의 영향도 큰 듯하다. 아빠는 항상 우리에게 말씀하셨다.

"선물은 자신한테 귀한 걸 주는 거야. 버릴 물건을 주는 게 아니야."

인삼 농사를 지었던 할아버지는 아빠가 어렸을 적부터 이렇게 교육하셨다.

"수확할 때 두 가마니 정도는 빼놔!"

할아버지는 인삼 농사를 4~6년을 하고 나면 몇 년간 농사를 도와준 일꾼들에게 제일 처음 수확한 인삼을 선물로 나누셨다. 많게는 100명의 일꾼이 있었던 인삼 농사. 수확한 인삼을 두세 뿌리씩 포장하고 한 사람 한 사람 이름을 정성스럽게 써서 아빠가 가져다드렸다. 어린 시절 할아버지께 배워왔던 베풂에 죽음의 경험이 더해져 사랑으로 남게 되었다.

아빠는 강의료를 받거나, 누가 용돈을 주면 그 돈은 바로 사람들을 위해 썼다. 어느 명절에는 성도님이 아빠 맛있는 것 사드시라고 꽤 큰돈을 주셨다. 5만 원권이 여러 장 되었던 것 같다. 그런데 아빠는 돌아온 주일, 교회에 나온 아이들 모두에게 5만 원씩 용돈을 주셨다. 그 성도님은 아쉬워하며 나에게 말씀하셨다.

"목사님 맛있는 거 사드시라고 드렸는데 아이들에게 전부 다 쓰셨어요."

강의료를 받은 날에는 교회에 남아 있는 사람들에게 짜장면을 사주러 모두 데리고 가셨다. 아무리 좋은 선물이라도 자신이 쓸 게 아니면 다시 예쁘게 포장해서 다른 누군가에게 흘려보냈다. 한번은 교회 행사 때 아빠가 받았던 모든 선물을 상품으로 내놓았다. 상품을 보며 한 분은 "앗! 저거 내가 드린 건데!"라며 웃으셨다. 아빠의 반복적인 '선물나누기'를 아시는 분들은 "목사님! 이건 꼭 목사님이 쓰세요."라며 당부하셨다. 하지만 물건에 욕심이 없는 아빠는 그분들의 마음만 귀하게 받으셨다.

아빠는 다른 어려운 교회를 방문하거나 힘든 사람들을 대할 때면 미리 돈을 챙기셨다. 아빠가 매번 가지고 다닌 성경책에는 만 원짜리들이 항상 들어 있었다. 큰돈은 아니어도 나누어야 할 때를 위한 평상시의 준비물 같은 거였다. 조금이라도 나누려는 아빠의 마음은 어린 딸로서 존경했지만, 한편으로 가족에게는 반 밖에 안되는 사랑으로 느껴졌다. 내가 쓸 거 덜 쓰고 최선을 다해 나누어도 그 마음을 모르는 사람들이 많기에 그때마다 나는 답답한 마음을 표현했다.

"아빠! 남들 위해 너무 애쓰지 마세요. 귀하다고 생각하기는커녕 베푸는 마음도 꼬아서 나쁘게 말을 만드는 사람들이 있잖아요."

그럴 때마다 아빠는 내 말을 무시했다. 그리고 한마디 더 보태신다.

"많이 나누고 살아. 쩨쩨하게 살지 말고."

아빠가 가는 길은 가끔 고집스러워 보였다. 하지만 자신이 가는 길을 사랑했고 자신만의 고유한 신념으로 그 길을 걸어오셨다.

아빠가 가장 귀하게 여겼던 사랑. 사랑으로 행해지는 베풂은 돌아가시기 전까지도 계속되었다. 아빠는 귀한 사람들에게 어떻게든 식사를 대접했다. 어렸을 때부터 손님들이 오실 때마다 엄마는 밥상을 차렸다. 아직까지 신기한 건 엄마도 그 밥상을 당연하게 차렸다는 사실이다. 부모님의 사랑은 식사를 통해 사람들에게 전해졌다.

아빠는 돌아가시기 몇 개월 전 칠순을 맞이하셨다. 칠순을 어떻게 보낼까 고민하다가 아빠한테 말했다.

"아빠! 돌아가시면 장례식을 치르지 말라고 하셨잖아요. 돌아가시기 전에 소중하게 여기셨던 분들 초대해서 마지막으로 식사를 대접하면 어때요?"

아빠는 잠깐 생각하시더니 말씀하셨다.

"어 그것도 좋지. 만나서 감사 인사도 하고 마지막 식사도 대접하고. 그런데 만날 때 하면 되지 뭐하러 칠순이라고 이야기하면서 불러. 칠순이면 시간도 힘들게 내야 하고 선물도 챙겨와야 하는데. 사람들 불편하게는 하지 말자."

아빠의 단호한 태도에 칠순은 식구들끼리 치렀다.

그리고 아빠가 준비한 그 날이 왔다. 귀하게 대접하고 싶었던 분들이 아빠가 몸이 안 좋아졌다는 소식을 듣고 강원도 깊은 산골까지 찾아오신 것이다. 아빠보다 연세가 많은 어르신들은 아빠를 너무 사랑해주시고 귀하게 여겨주셨던 분들이다. 아빠는 죽기 전에 식사를 대접할 수 있게 되었다며 매우 좋아하셨다. 그분들은 예전부터 함께 킹크랩을 먹으러 가자고 말씀하셨다. 아빠는 그 기억이 있어, 동생네한테 킹크랩을 사 오라고 했다. 항상 대접하고 싶었던 마음을 알았기에 동생네는 여섯 시간을 걸려 킹크랩을 사 왔다. 아빠는 함께 식당에서 식사도 하지 못할 만큼 힘든 상태였지만 대접한 기쁨이 너무 컸다.

아빠는 자신을 힘들게 하거나 뒤에서 욕을 해왔던 이들에게도 식사를 대접했다. 더 품지 못한 걸 미안하게 생각했다. 처음에는 1인당 3만 원 정도의 식사비가 나오는 곳으로 알아봤었다. 그런데 더 좋은 곳을 계속 생각하시더니 결국 지역에서 가장 좋은 식당을 선택하게 되었다. 소식을 듣게 된 아빠의 제자는 본인이 식사를 대접하겠다며 식당으로 찾아와 인사까지 했다. 아빠는 너무 행복해했다.

"좋은 마음으로 최고의 식사를 대접하려니 다른 손길을 통해 더 큰 사랑을 받았네."

아빠가 삶을 마무리하면서 대접한 만찬들은 대단한 사랑이었다. 사랑했던 사람이든, 항상 불편했던 사람이든 최상으로 기쁘게 식사를 대접했다. 평상시 사랑을 외쳤던 아빠의 품위를 유지한 멋진 모습이었다. 그냥 편하게 사람들과의 관계를 생각해보면 나에게 잘해주면 좋은 사람이고, 나에게 못 해주면 나쁜 사람이다. 그래서 잘해주는 사람들에게 사랑을 베푸는 일은 그나마 쉬운 일이다. 그런데 이기적이거나 뒤에서 욕을 하고, 없는 말들을 보태어 괴롭히는 이들에게 사랑을 베푸는 일은 어려운 일이다. 그런데 아빠는 그걸 해내셨다.

아빠가 살아간 마지막 날들은 사랑이었다. 아빠의 이런 사랑까지도 내가 따라갈 수 있을까? 아빠도 분명 속상해했고 괴로워했는데…. 사랑하고 기도하며 오히려 미움의 마음에서 벗어나는 아빠를 보았다. 그 가르침을 기억하고, 흔적을 따라가며 나 또한 끝까지 사랑으로 세상을 대하고 싶다.

슬픔의 길들을
지나가고 있다

　　사랑하는 사람을 떠나보내는 사별은 거대한 슬픔이다. 의미 있던 중요한 사람을 상실했을 때 겪는 마음의 고통. 나는 그 애도의 시간에 아빠와의 추억들을 하나하나 떠올리며 노트에 끄적거리기 시작했다.

　애도 과정에서 충격을 받거나 아무렇지도 않은 시기는 나에게 없었다. 아빠와 함께 준비해온 죽음이었다. 그래서 그런지 생의 마지막 순간, 아빠는 고통 하나 없는 모습으로 평안해 보였다. 아빠에게 죽음은 회피할 무언가가 아니었다. 아빠와 한순간이라도 더 같이 있고 싶은 건 당연했지만, 아빠의 떠남을 부정하지는 않았다.

그러나 헤어진 후 남겨진 강한 그리움은 참 컸다. 아빠가 남긴 보물 같은 추억들. 글, 사진, 동영상, 편지를 시간이 날 때마다 봤다. 친분이 있는 사람과 하염없이 아빠의 이야기를 나누며 보냈다. 보고 싶어도 만날 수는 없으니 슬펐다. 아빠가 툭툭 끄집어 나에게 내주었던 '죽음 백신'. 그 작은 돌들이 쌓여 바위만 해졌다. 바위가 되었으니 끄떡없을 줄 알았다. 죽음에 대한 준비가 잘 되었으니 슬픔도 잘 이겨낼 줄 알았다. 그런데 난 너무 슬펐다. 돌아가셨던 겨울이 돌아오니 그리움이 자주 문을 두드린다. 있어야 할 공간에 아빠가 없다. 대화하고 싶어도 할 수 없는 아쉬움이 밀려온다. "나 여기있잖아."라며 추억 하나가 마음의 문으로 들어오면 그때부터는 눈물이 왈칵 쏟아지며 더 보고 싶어진다. 가끔 그 눈물을 멈추려고 억지로 참으면 귀까지 아팠다.

돌아가시기 직전, 아빠와의 추억은 더 깊게 남았다. 그만큼 서로에게 더 많은 생각과 집중이 몰려있던 시기였다. 돌아가시기 며칠 전 아빠는 말씀하셨다.

"머리가 지저분해서 오늘은 이발해야겠다. 나가자."

2개월간 많이 아프신 후 차를 타고 가는 첫 나들이였다. 아빠는 몸이 많이 부어 제일 큰 계량 한복을 입고, 추운 겨울에 감기라도 걸릴까 봐 두툼하게 걸쳐 입었다. 걷는 것도 불편한 아빠에게는 옷을 입는 일부터 차를 타기까지 보통 일이 아니었다. 아빠와의 외출에 가족 모두가 설레는 미션을 수행했다. 나가는 김에 아빠는 짜장면도 먹자고 했다. 차를 타고 내리는 게 너무 힘들어 아빠의 짜장면은 차로 가지고 갔다. 얼마나 맛있게 드셨는지 반 그릇을 뚝딱 드셨다. 그날 먹은 짜장면은 아빠에게 세상에서 제일 맛있는 음식이었다. 이제는 짜장면만 생각하면 아빠의 그 마지막이 절로 떠오른다. 그리고 중국집에 들렀던 나를 칭찬한다. 짜장면이 몸에 좋은지 아닌지는 중요하지 않다. 먹고 싶은 걸 맛있게 먹을 수 있다는 건 큰 행복인 게 맞다.

돌아가신 후 아빠 꿈을 꾸었다. 분명 아빠가 돌아가셨는데 "은미야!"라고 부르는 소리가 들렸다. 너무 놀라 "아빠!"하며 방문을 활짝 열었다. 거기에는 웃는 아빠가 있었다. 꿈속에서 아빠를 안으며 엉엉 울었다. 더는 볼 수 없는 아빠. 이름을 부르던 목소리가 점점 희미해진다. 슬픔의 길들을 지나가고 있다.

아빠가 머물던 깊은 산골의 자연은 아빠가 안 계셔도 여전히 아름다웠다. 어느 날, 학부모로 만난 친구들과 산골에서 사는 즐거움을 나누고 있었다. 집 앞에서 들리는 냇가의 흐르는 물소리, 숲속 길쭉한 나무 사이사이로 강렬하게 내려오는 햇빛, 밤마다 쏟아지는 별들을 보며 사는 하루하루가 감사하다는 이야기였다. 나도 마음을 나누었다.

"아침마다 지저귀는 새소리가 너무 시끄러워."

다들 빵 터졌다. 너무 상쾌하고 아름답다고 할 줄 알았단다. 한참 웃으며 넘어간 대화이지만 생각해보니 이상했다. 다들 아름답다고 느낄 그 새소리들이 난 왜 이렇게 시끄러울까. 가끔은 그 소리조차 왜 그리 버거웠을까? 아름다운 자연의 소리도 버거운 걸 보면 애도가 힘겹기는 한가보다. 사랑한 만큼 힘든 애도. 시간이 흘러도 상실의 슬픈 상처는 저절로 아물지 않고 수시로 아프다. 아빠는 아픔 없는 곳에서 행복하실 텐데. 그러니 행복해야 하는데 난 왜 이렇게 슬플까.

아빠는 말했다. "하늘나라에서 만나자!" 죽음을 맞이할 때 혹은 장례식에서 너무 뻔하게 이야기하는 하늘나라. 가끔은 얘기하는 사람조차 낡아버린 그 말. 그렇지만 오늘도 하늘나라를 생각하며 희망으로 하루를 더 살아간다.

어린 아이도 애도
했구나

우리 아이는 사랑한다는 말을 자주 한다.

"엄마! 사랑해."

밤에 잠자기 전에 잊지 않고 전하는 말이다. 가끔은 밤 인사를 다섯 번을 할 때가 있다. 그럴 땐 '사랑해'도 다섯 번이 된다. 어느 날은 먼저 사랑한다는 말을 듣고 싶은데 매번 자기가 먼저 말한다며 투덜대기도 한다. 열두 살의 딸이 '사랑해'를 수시로 외쳐주니 사실 감사할 일이다.

나는 표현을 잘 못하는 사람이다. 딸에게는 의무적으로라도 표현하려고 노력한다. 그런데 아빠에게는 그걸 못했다. 돌아가시고 나서야 그게 참 아쉽다. 매일 사랑한다고 말해 줬

다면 얼마나 좋았을까. 매일 밤 사랑한다고 말하는 딸처럼 나도 그랬으면 어땠을까. 분명 내 사랑도 그렇게 작지는 않았는데…

어느 날 딸이 자기 어렸을 때 동영상을 보자고 했다. 동영상에는 딸과 돌아가신 아빠가 함께 노는 장면이 있었다. 그 장면을 보면서 아빠가 그리워졌고 나는 울기 시작했다. 어느새 내 딸도 울고 있었다. 딸도 나처럼 할아버지와의 추억을 떠올리며 애도하고 있었던 거다. 같이 울던 딸은 슬픔으로만 끝내지 않았다.

"엄마! 우리 할머니도 돌아가시면 슬프니까 잘해드리자."

딸은 이미 애도를 넘어서 아름다운 마음을 품었다. 내 딸은 할아버지가 돌아가셨을 때 많이 슬퍼했다. 나처럼은 아니지만 딸도 많이 울었다. 딸이 3학년까지 홈스쿨링을 하다가 4학년 때 강원도에서 학교를 다니기로 했다. 처음 학교를 가는거라 초등학교 입학처럼 할아버지께 선물도 받았다. 설레하며 자신의 새로운 모습을 보여 드리고 싶어 했다. 하지만 학교가기 이틀 전, 할아버지는 돌아가셨다.

"엄마, 두 밤만 자면 나 학교 가는데. 할아버지한테 '학교 다녀오겠습니다'라고 인사도 해야 하고, 학교가 어땠는지 설명도 해드려야 하는데…."

내 딸은 엉엉 울며 많이 아쉬워했다. 아직까지도 가장 슬펐던 일이 할아버지 돌아가신 일이라고 말하는 걸 보면 내 딸인생에서도 할아버지의 죽음은 꽤 큰 것 같다.

어느 날 동생이랑 통화를 하며 딸이 이런 반응을 했다고 말해주니, 자기 아들의 반응도 이야기 해주었다. 아빠가 보고 싶어서 내 동생은 동영상을 보고 있었다. 여섯 살 아들이 동생에게 다가오더니 말했다.

"엄마! 할아버지 보고 싶어서 울어?"

내 동생은 울며 아들을 안았다. 아들은 말했다.

"나도 할아버지 보고 싶어. 그런데 엄마 미안해. 엄마처럼 눈물이 나지는 않아."

그때 알았다. 내 딸만이 아니라 모든 손자 손녀가 나이와 상관없이 부모와 함께 애도의 시간을 겪고 있다는 것을. 아이들도 할아버지와의 이별을 알았고, 보고 싶어 했다. 슬픈 감정도 느꼈다. 그리고 그 이별로 부모가 슬퍼한다는 것도 아이들은 함께 느끼고 있었다. 아빠를 사랑한 만큼 애도는 힘겨웠다. 그래도 남은 기억과 추억은 아빠가 우릴 얼마나 사랑하는지 고스란히 전해주었다. 그 흔적들을 끝까지 붙들고 살고 싶다.

그렇게 흔적을 뒤적이다 보면 사랑이라는 따뜻한 친구가 언제나 마중 오고 있을 테니 말이다.

상실의 벗과
자연스럽게 살기

한여름 밤, 손님들과 둘러앉아 차를 마시며 이야기를 나누고 있었다. 내가 글 쓰는 걸 알고 계신 한 분이 글은 어떻게 되어가는지 물으셨다. 자연스레 애도과정으로 펜을 들었던 상황을 이야기하자 처음 뵌 손님이 온몸을 나에게 기울이며 묻기 시작했다.

"어떻게 애도하셨어요? 너무 궁금해요. 이야기 좀 해줄 수 있어요? 책은 언제 나오나요?"

숨 쉴 시간 없이 여러 질문을 쏟아내셨다. 그러다 살짝 느려진 말투로 한 박자 쉬어가셨다.

"아이고 제가 좀 무례할 수 있는데 너무 막 물어봤죠? 사실 남편이 몇 년 전에 암으로 죽었는데요. 보내고 나서 더 바쁘게 살았거든요. 그런데 어느 순간 더 괴롭고 힘들어지더라고요. 왜 그런가 했더니 제가 충분히 애도를 하지 못해서 힘든 거였어요. 다시 애도를 제대로 하려고 도움을 받을 수 있는 기관들을 찾아다녔는데… 그러다보니 질문이 많았네요."

어느새 말씀하신 분의 눈은 촉촉해졌다. 고요한 밤, 우리는 애도 이야기로 시간을 보내면서 서로를 위로했다.

남편의 빈자리를 충분히 슬퍼하지 못했던 손님은 상실감을 극복하려고 얼마나 애를 쓰며 외롭고 괴로운 시간을 보냈을까? 사랑하는 사람을 보내고 나면 함께한 세상이 달라지고 새로운 세상을 맞이하게 된다. 그러다 보면 이런저런 감정을 경험하는 게 지극히 자연스러운 일이다. 그런데 우리는 왜 자연스러운 애도에도 그만 슬퍼해야 한다며 피하려고만 하는 걸까. 그 슬픔은 사랑과 그리움의 또 다른 이름일진데 슬픔에서 빨리 헤어 나오지 못한다고 스스로 혹은 누군가를 다그친다면 돌아가신 그분에 대한 깊은 사랑을 부정하는게 아닐까.

아빠의 흔적은 기억해내려 애쓰지 않아도 일상에 공기처럼 자연스럽게 존재했다. 그리고 거기에는 아빠를 좋아하고 그리워하는 많은 이의 추억도 함께 했다.

어느 날 아빠를 많이 도와주셨던 성우분이 찾아오셨다. 그분은 지인을 데리고 오셔서 신나게 아빠의 이야기를 시작하셨다. 내가 너무 좋아한 목사님이셨다며 아빠와 얽힌 이야기 보따리를 꺼내시더니 감정이 점점 올라왔다. 결국 보고 싶다며 눈물을 흘리셨다. 나 또한 눈물을 글썽이며 이야기를 듣게되었다.

"어느 날 목사님께서 앞으로 문화 사역을 할 거라고 하시더라고요. 내가 성우이다보니 목사님이 그 일을 같이 하자고 하셨죠. 그때가 1990년대였는데, 나는 목사님이 너무 허황된 꿈을 꾸신다고 생각했거든요. 문화 사역이 쉽게 이루어진 때도 아니었고 사람도 없는 이 시골의 작은 교회에서 어찌하려나 하고 영혼 없는 대답만 했죠. 그런데 정말 하시더라고요. 내가 목사님 덕분에 세종문화회관에서도 공연하고 뉴질랜드까지 갔잖아요. 앞날을 내다볼 줄 아는 혜안이 있으셨죠."

성우분은 그 당시 아빠가 걸어가려는 길들을 온전히 신뢰하지 못하고 열심히 돕지 못했었다며 미안한 마음을 가지고 계셨다. 가끔 아빠의 말과 행동이 대단하다고 느낄 때가 있다며 갑자기 떠오르는 추억에 미소를 지으시며 다시 이야기를 시작하셨다.

"한번은 KBS홀에서 공연을 했는데요. 대기중이어서 밖에 나가 식사하기가 힘들었어요. 그 때 누군가가 김밥을 사와서 목사님하고 함께 먹었거든요. 그런데 김밥이 너무 맛이 없는 거예요. 그래서 속으로 "아니, 어쩜 이리도 맛없는 김밥을 사 왔지."라며 구시렁거리고 있는데 갑자기 목사님이 감탄하시 듯 말씀하시더라고요. '김밥 맛있다!' 그 반응에 내가 얼마나 놀랐는지….."

맛없는 김밥을 아빠는 얼마나 맛있게 드신 걸까? 20년도 넘은 스쳐 지나갈 기억인데 맛없던 음식을 대하는 아빠의 태도에서 김밥을 사온 이에 대한 감사함이 고스란히 담겨 있어 성우분께서 생생하게 기억하는 것 같았다. 추억을 나누는 대화만으로도 나에게는 위로가 되고 기분 좋은 애도를 하게 되었다.

누구도 슬픔을 극복하라고 "이젠 그만 슬퍼해."라고 말하는 사람은 없었다. 돌아가신 아빠를 함께 기억하고 추억을 나누어도 우울해지지 않았다. 내 감정을 굳이 숨길 이유가 없었다. 나는 감정 그대로를 표현했고, 누구도 그만하라는 눈짓을 보내지 않았다. 판단하는 이도 없었다. 상실을 벗처럼 옆에 두고 사는 일상이 자연스러웠다.

어느 날 손님 한 분이 물으셨다.

"부모님이 돌아가시고 나서 힘들 때마다 부모님이 하신 말씀을 붙잡고 살게 되더라고요. 아빠가 돌아가신 후 무슨 말을 붙잡고 사세요?"

생각해보면 아빠는 참 많은 말씀을 하셨다. 그중에서도 내 안에 항상 꿈틀거리는 말이 있다. "기쁘게 하나님 일을 하며 살아라. 행복은 너가 만드는 거야."

생일 때마다 카드에 써주셨던 말. 아빠가 남겨준 행복이라는 말은 쉽게 이해가 되고 사람들에게도 편하게 건네는 말이지만 정작 그렇게 살기는 어려웠다. 그런데 이 말을 곱씹어보니 맛없는 김밥도 맛있게 먹는 기쁨을 만들어내는 아빠의 모습에서 행복은 내가 만든다는 말의 의미를 어렴풋이 이해하게 된다.

이제는 아빠의 부재가 조금씩 익숙해진다. 사람들과 함께 아빠의 추억을 나누고 아빠가 남긴 말들을 다시 떠올리며 점점 아빠와의 추억이 내 마음 한편에 자리 잡는다. 산책하다가 문득 아빠가 쉬어가던 모습이 떠오르고, 밥을 먹다가 아빠가 좋아했던 반찬을 보면 눈물이 고인다. "아빠가 이 커피를 좋아했는데."라며 커피를 마시듯 슬픔을 음미하기도 하고,

햇볕을 쬐듯 슬픔 아래 서 있기도 한다. 슬픔을 마시고 옆에 두기도 하고 아래 서 있기도 하며 하루하루 살아간다. 이러한 애도가 켜켜이 쌓여 지금의 슬픔도 거뜬하게 지나갈 힘이 되겠지.

최근에 알려진 지속적인 결속이론(Continuing Bonds Theory)에서는 죽은 사람을 기억하는 게 오히려 남은 이에게 큰 도움이 된다고 한다. 사랑하는 가족의 죽음이 가져온 슬픔은 극복해야하는 대상이 아니다. 시간이 지난다고 저절로 아물지도 않는다. 가족을 잃은 슬픔을 완전히 끝낼 수가 있을까? 아니, 끝내야만 하는가? 그럴 필요가 전혀 없지 않을까? 그 상실의 상처가 흉터로 남아 조금 괜찮아진 것 같았다. 그러다가도 아빠와 함께 즐기던 노래를 부르거나 아빠가 좋아했던 복수초가 봄을 알리듯 피어나고, 흐릿한 시야로 "하얗다."라고 말했던 샤스타데이지를 대할 때면 다시 아픔이 파도처럼 밀려온다. 그때마다 나는 아빠에 대한 내 감정을 충분히 느끼려 했다. 더 관찰하고 노래하며 눈물이 멈출 때까지, 그 소중한 시간을 충분히 누린다. 나를 향한 아빠의 사랑과 내가 느꼈던 여러 마음이 가득한 슬픔을 누린다.

오히려 슬픔이 깊지 않다는 건 서로 나누었던 사랑의 흔적이 그만큼 없다는 게 아닐까. 상실감은 사랑이 담긴 슬픔이다. 그래서 상실을 옆에 두니 또 하나의 사랑으로 피어오른다.

2장

한 사람의 인생을 알아버리면
그는 남이 될 수 없다

선물,
마음이 오가는 여행

       강원도 홍천 내면 아름다운마을에 머물면 간혹 마음이 담긴 귀한 선물을 받는다. 쉼이 필요해서 찾아온 손님들이지만 깊은 산골에서 뭐라도 나누고 싶어 하신다. 베이커리가 없는 산골을 떠올리며 도시에서 유명한 빵을 사오거나 직접 빵을 만들어 오기도 한다. 과일, 야채, 생선 그리고 준비해 온 재료로 직접 차려주시는 특식까지, 입이 즐겁고 마음이 풍요롭다. 아빠가 돌아가신 후에는 아빠가 용돈을 주시듯 마흔이 넘은 나에게 지폐 몇 장을 쥐어 주신다. 엄마 맛있는 거 사드리라며 갑자기 지갑을 열어 재빠르게 돈을 주고 돌아가실 때는 어찌할 바를 모르겠다.

어느 날은 다같이 난로 앞에 모여 차를 마시고 있었다. 갑자기 한 손님이 방에 들어가시더니 상자를 가지고 나오셨다.

"제가 선물을 좀 가지고 왔어요."

손님이 선물을 펼치자 다른 한 분이 말씀하셨다.

"난 선물이 너무 좋더라."

말을 듣던 남편 분이 대답했다.

"공짜를 좋아하는 거겠지."

그 말에 모두가 한바탕 웃었다.

얼핏 보면 같은 말인 듯하다. 선물은 공짜니까. 그렇지만 공짜가 다 선물은 아니다. 공짜는 힘이나 돈을 들이지 않고 거저 얻은 물건을 이르는 말이다. 그래서 공짜는 기쁨을 주긴 하지만 소중하지는 않다. 반면 선물에는 주는 이의 마음이 담겨 있다. 선물을 준비하는 과정은 상대의 마음으로 다가가는 여행이다. 상대방을 떠올리며 얼마나 잘 알고 이해하느냐에 따라 선물의 감동은 달라진다.

'뭐가 필요할까?'

'이걸 좋아했지'

'전에 뭐가 없다고 했는데….'

이런저런 생각을 하며 선물 받을 사람의 삶을 곱씹어본다.

무엇이 필요한지 생각하면서 선물을 결정하는 시간이 반복될수록 그를 향한 사랑이 깊어진다. 선물을 결정하게 되는 순간 소소하지만 짜릿한 기쁨이 맴돈다. 서로를 생각하며 준비한 선물은 상대를 향한 보살핌과 사랑을 빚는다.

아빠가 살아계셨을 때 딸처럼 챙겨주셨던 아는 동생이 있다. 그녀는 어렸을 때부터 그림 그리는 걸 좋아해서 밤새 그림을 그렸다. 결국 일러스트레이션 학과를 들어가 자신이 그리고 싶은 그림들을 자유롭게 그릴 수 있었다. 그러나 학생 때 아버지가 갑자기 돌아가시면서 일찍 생활 전선에 뛰어들게 되었다.

가장이 되면서, 좋아하는 그림만을 그릴 수는 없었던 그녀는 생계를 위해 학원 강사가 되었다. 뭐든 열심히 하는 그녀이기에 학원에서도 아이들을 대충 가르치지 않았다. 열심히 가르칠수록 그림 그릴 시간은 부족했다. 결국 생계 활동과 작품 활동 사이에서 마음의 갈등을 겪었다. 아빠는 사랑의 마음을 담아 그녀의 삶을 위해 기도하며 응원했다. 그런 아빠에게 그녀는 바쁜 생활 속에서도 선물을 항상 준비했다. 아빠의 모습을 그린 인물화였다. 어떤 때에는 흑백사진과 같은 생생한 연필 인물화를 그렸고, 어떤 때는 다양한 색으로 아빠의 얼굴을 밝게 그리기도 했다. 웃을 때 반달이 되는 아빠의 눈, 둥근 코, 적당히 두툼한 입술, 정갈한 가르마, 앞니를 다 보이며 활짝 웃고 있는 그림 속 인물은 실제 아빠를 쏙 빼닮았다. 아빠가 도화지 안에서 얼굴을 내밀고 있는 듯했다. 아빠를 향한 그녀의 시선이 얼마나 섬세한지, 깊은지 느껴졌다. 아빠는 그녀의 선물을 받을 때마다 애지중지하며 책장 곳곳에 세워놓거나 걸어두었다.

아빠가 돌아가시고 첫 눈이 내릴 즈음에 그녀의 개인 전시회가 처음으로 열렸다. 축하의 마음을 가득 담아 전시회를 갔다. 작가로서의 삶을 살아가기 위해 고군분투하는 그녀의 이야기를 들으며 오랜만에 이 얘기, 저 얘기 신나게 수다를 떨었다. 그러다가 알게 되었다. 아빠가 돌아가시기 얼마 전부터 그림 한 점을 선물로 준비하고 있었다는 사실을. 아빠를 그리고 있었지만 그림이 완성되기 전에 아빠는 돌아가셨다.

그녀는 말했다.

"목사님 눈이 나빠져서 잘 안 보이셨잖아요. 그래서 눈도 크게, 코도 크게, 입도 크게 그렸어요. 목사님이 하나하나 다 보실 수 있게요. 마무리를 못해서 선물을 못 드렸는데 너무 아쉬워요. 완성해서 언니한테 드릴게요."

'얼마나 바쁜지 아는데 그림을 완성할 수 있을까'라는 생각에 고맙지만 미안하기도 했다. 어느덧 10개월이 지난 초가을 그녀에게 전화가 왔다.

"언니, 목사님 그림 완성했어요. 그림을 가지고 가야 하는데 커서요. 제가 차가 없어서 아는 교수님께 같이 가자고 부탁을 드려야 하거든요. 그래서 아직 가는 날을 못 잡았어요."

얼마나 크게 그렸길래 차가 필요한지 궁금했다. 큰 종이가 방에 넣을 수도 없다니 혹시 문짝만큼 큰 것은 아닌가. 지금까지 아빠한테 주었던 선물은 책장에 세워놓을 수 있는 아담한 사이즈였는데….

"에고. 그러지 말고 데리러 갈게!"

그녀가 답했다.

"아니예요. 언니. 바쁘신데 괜찮아요. 교수님과 가기로 이야기는 됐어요. 곧 갈게요."

그 바쁜 시간을 쪼개며 준비한 선물에 마음 씀씀이가 느껴져 가슴이 짠하고 뜨거워졌다. 아빠를 떠올리면서 정성을 담아 하나하나 스케치했다고 생각하니 고마웠다. 아빠가 그 선물을 받았다면 그 귀한 마음을 얼마나 소중히 간직했을까. 10월에 온다는 그녀의 말에 이미 나는 선물을 마음에 품었다.

그녀는 언제 올까? 밖에서 "언니!"하고 부르며 차가 멈추는 소리만 들어도 마음이 부푼 상태로 달려나갈 것 같다.

어느 날은 엄마와 20대의 딸 둘이 준비한 특식을 선물로 받았다. 암 투병을 했던 아빠를 먼저 보낸 10대의 소녀는 어느새 고등학교를 졸업했다. 올해 대학 생활을 시작하기 전에 찾아온 가족이 반가웠다. 어릴 때 아빠를 떠나보낸 막내딸. 장례식장에서 본 소녀의 모습이 아직도 눈에 선하다. 앳되지만 울지도 않고 슬픔에 잠긴 엄마와 언니를 다독이던 초등학생이 벌써 스무 살이 되다니. 그녀의 아빠는 언제나 밝은 생각으로 생활하셨고, 본인도 폐암 말기로 죽음을 준비했던 분이지만 다른 암 환우들이 올 때마다 말을 건네고 위로하며 챙기셨다. 슬픔이나 실의를 탈탈 털게 하는 웃음을 지닌 분이셨고, 그런 이유로 아빠는 그분을 매우 좋아하셨다.

그분은 통증이 심해져 병원에 입원하셨고, 아빠는 병문안을 가셨다. 그분을 보며 아빠는 가족들에게 마지막 감사 인사를 하고 천국 갈 준비를 하자고 했다. 그때 그분은 가지고 있던 아이스크림을 아빠한테 건네며 말했다.

"목사님! 이 아이스크림 드세요. 제가 목사님보다도 훨씬 건강한데 죽겠습니까?"

통증이 심해도 병원에서 너스레를 떨 여유가 있었던 분이다. 그분의 아내도 언제나 맑고 밝다. 그분을 떠올리면 언제나 밝게 웃으며 이야기하는 모습이 기억나 내 입가에는 미소가 지어진다. 그 가족이 오랜만에 월남쌈을 들고 찾아왔다. 모녀는 메뉴를 정해서 장을 보기까지 많은 고민을 했던 것 같다.

"추운 겨울 채소가 별로 없었을 테니 채소를 많이 먹을 수 있는 월남쌈을 하자."

"고기류는 무얼 살까?"

"채소는?"

결국, 월남쌈에 싸 먹을 수 있는 고기 종류는 다 들고 왔다. 일산에서 아침 일찍부터 출발했을 텐데 소고기, 돼지고기, 오리 훈제, 떡갈비, 버섯 그리고 새우까지 챙기기도 골고루 챙겼다. 오색찬란한 채소는 모두 손질이 되어 왔다. 딸들은 썰어온 채소들로 접시에 자수라도 놓듯 하나하나 정성스레 담았다. 그녀들의 엄마는 가지고 온 고기들을 하나씩 데우면서 말했다.

"함께 장을 보고 저는 일이 있어 늦게 들어왔는데 두 딸이 재료를 다 다듬어 놨더라고요."

알록달록한 채소들. 당근, 깔별 파프리카, 새싹, 깻잎, 단무지, 파인애플…. 월남쌈 가게들이 내놓는 재료란 재료들은 모두 눈앞에 펼쳐져 있었다.

"엄마 단무지 옆에는 당근을 놓자. 노랑 옆에는 주황이 있어야 산뜻하잖아."

"그래, 당근 옆에는 녹색 파프리카를 놓자."

"좋아, 노랑 옆에 주황, 주황 옆에 녹색, 그다음은 빨강."

"오호, 좋아!"

모녀가 머리를 나란히 맞대고 요리조리 재료를 접시에 놓는 모습, 주방을 가득 채운 웃음 소리, 상기된 표정. 보기만 해도 거실 공기가 데워지고 배가 불러왔다. 그날 우린 그 가족의 의도대로 겨우내 부족했던 채소들을 맘껏 배불리 먹었다.

아빠는 돌아가셨지만 남은 가족이 잊지 않고 이어온 인연. 일산에서 이곳 산골까지 오기가 수고스러웠을 텐데…. 재료를 한 아름 들고 와 한상 차려주는 넉넉함. 그 마음을 나는 맛보고 삼키며 진수성찬을 들었다.

마음을 받아 행복했던 선물들. 선물을 준비했던 여행의 시작부터 선물을 받고 기뻐하는 여행의 끝까지. 여행을 쭉 돌아보면 온통 사랑으로 가득했다. 그리고 여행의 여운은 시간이 지나도 잊지 못할 또 하나의 선물로 내게 남아 있다.

믿고 들어주는
한 사람만 있다면

"환대해라!"

아빠는 자주 말씀하셨다. 환대, 반갑게 맞아 정성껏 후하게 대접한다는 사전적 의미를 나는 아빠를 통해 눈으로, 귀로, 입으로 배웠다.

2012년 아빠가 쓴 책을 읽고 경북 김천에 있는 정신병원에서 한 남자가 강원도 산골짜기로 찾아왔다. 아빠는 일면식도 없는 사람을 느닷없이 집에 데리고 오셨다. 그는 오래 입은 듯한 티셔츠와 바지 차림이었고, 어딘가 보살핌을 필요로 하는 모습이었다.

"…안녕하세요?"

"안녕하세요."

어쩌다 대화가 열리긴 했지만, 주거니 받거니 이어지지는 못했다. 그가 하고 싶은 말을 우당탕탕 쏟아내면, 나는 그걸 듣다가 지칠 것 같아 스르르 대화 밖으로 빠져나왔다. 아빠는 식사를 대접하고, 재워주며, 그를 데리고 목욕탕도 함께 갔다. 초대하지 않은 사람이 불쑥 찾아와 머무는 바람에, 나는 잠깐이지만 어색함과 불편함을 감수해야 했다. 그런데 놀라운 건 아빠의 모습이었다. 아빠는 불시에 찾아온 방문객 옆에서, 늘 기다리던 손님을 마주한 듯 싱글벙글하셨다. 어딜 가든 데리고 다니고, 주변에 소개하고 챙기면서도, 일말의 피곤한 기색 없이 상기된 얼굴이었다. 베푸는 사람은 분명 아빠인데, 마치 아빠가 계속 뭔가를 받는 것처럼 즐거워하셨다.

며칠 뒤 그는 팔순을 맞은 어머니를 위해 기도를 해달라고 부탁했다. 아빠는 그를 데려다주며 어머니도 만나 기도해 줄 생각이었다. 그런데 어머니와의 통화는 좋지 않았다. 그의 어머니는 아빠가 오는 걸 반가워하지 않았고, 더욱이 아들이 집에 오는 것을 부담스러워했다. 그런 어머니의 마음과 다르게 그는 어머니께 가고 싶어 했다. 강원도 산골에서 어머니가 사는 목포까지 짧게 잡아도 6시간은 족히 걸린다. 그 거리를 굳이 갈 필요가 있냐며 주변에서는 힘든 아빠를 걱정하며 만류했다. 하지만 아빠는 그를 혼자 보낼 수 없다며 어머니에게 데려다주었다. 어머니는 아들이 반갑지 않은지 냉대했고, 아빠는 어머니에게 거부당하는 아들을 안쓰러워하며 무거운 발걸음으로 돌아왔다.

얼마 지나 그 손님에게서 편지가 오기 시작했다. 우편으로 발송된 편지는 노트 한 권이었다. 아빠가 집필했던 책의 내용을 필사하거나 성경 구절로 빽빽하게 쓰여진 노트 편지였다. 몇 달 뒤 또 노트가 왔다. 아빠와 함께 지내면서 아빠 뒤를 졸졸 따라다녔던 그가 헤어진 이후 마음을 표시한 게다. 한 글자, 한 글자 그가 몇 날 며칠 연필로 꾹꾹 눌러쓴 글씨. 뭔가 삐뚤삐뚤하면서도 오순도순 붙어있는 글자들. 두툼하게 쌓인 종이를 매만지자 말할 수 없는 절절함이 느껴졌다. 그가 아빠를 얼마나 좋아하는지, 함께한 시간을 얼마나 감사해하는지, 노트를 넘겨보며 그 마음을 읽고 또 읽었다.

마을에는 여러 손님들이 오신다. 어차피 한번 보고 말 사람들을 두 팔 벌려 맞이하거나 여기저기 모시고 다니면서 안내하자니, 피로감에 부질없이 느껴질 때가 있다. 그러던 어느 날 뇌리를 스쳐 지나간 표현이 있었다.

'사람이 온다는 건 한 사람의 일생이 오는 것'

한 사람을 맞이한다는 건 그의 인생을 마주하는 것이구나. 만남이란 서로 다른 인생과 인생이 만나 교차로를 이루는 것이구나. 삶이 오고 가는 교차로. 그 교차로에서 잠시 쉬기도 하고, 같이 울거나 웃기도 하고. 그러다가 각자 가야 하는 길로 나아가는 거다.

누군가의 인생이 다가올 때 내가 환대를 한다고 하여 나만 내어주는 건 아니다. 사회복지사로 근무할 때 교육청 의뢰로 상담을 하였다. 자살을 여러 차례 시도했던 중학생 소녀였다. 소녀의 자살 행동은 그녀의 가족으로부터 비롯했다. 가족 모두를 만나면 좋았겠지만 소녀의 아빠는 상담을 거부했다. 가족은 소녀와 마찬가지로 어둠 속에 갇혀 상처를 가진 채 힘들어했다. 그 소녀가 그림을 좋아해서 미술치료 선생님과 함께 상담을 진행했다.

작은 체구에 검은 뿔테 안경을 썼던 소녀는 무표정한 얼굴로 상담에 참여했다. 첫날 두 시간 동안 거의 눈을 마주치지 않은 상태로 헤어졌다. 경계심이 가득했고 자신을 갇혀있는 사람으로 표현했다. 주위 사람들과 소통이 되지 않는다고 느꼈던 소녀의 모습에서 우울함과 공허함이 보였다. 오랜 상담을 마치고 마지막 종결 때 소녀에게 물었다.

"마지막으로 하고 싶은 말이 있니?"

소녀는 대답했다.

"선생님, 이렇게 제 이야기를 들어주셔서 감사해요. 저는 운이 좋아서 이런 기회를 가졌지만 주변에 이야기를 들어줘야할 친구들이 많이 있어요. 저 혼자 이런 시간을 가져서 그 친구들한테 미안해요. 앞으로 그 친구들 이야기도 들어주시면 좋겠어요."

본인도 힘들고 지쳐 자살을 시도했던 친구인데, 이제는 다른 친구의 마음까지 챙기고 있었다. 불만으로 가득 찼던 소녀에게 다른 친구들을 생각해 줄 수 있는 마음의 공간이 생겼다는 게 감동이었다. 소녀의 이야기를 들으며 함께 있어 주었던 게 큰 힘이 되었던 모양이다.

연구교수 때의 일이다. 소년원을 퇴소하고 사회로 나온 청소년들은 자립하는 게 어렵다. 성인이 되었어도 가정이 해체되어 홀로 생계를 책임지는 건 이들에게 쉽지 않은 일이다. 혼자서 감당하기 힘든 청소년들의 자립을 돕기 위해 우리는 연구를 계획했다. 다행스럽게도 자립 연구의 필요를 공감하는 소년원 관계자들 덕분에 연구 준비는 무리 없이 진행되었다.

드디어 소년원을 방문했다. 소년원은 아이들의 교육을 중요하게 생각하여 중고등학교로 불린다. 이름만 중고등학교일 뿐 들어가는 건 일반 학교처럼 들어갈 수 없다. 아이들과 인터뷰를 하기 위해 사무실에서 기다리고 있었다. 의자에 앉아 있는데 외출하는 아이들과 눈이 마주쳤다. 외출 준비를 하는 친구들의 손은 포승줄로 묶여 있었다. 그 모습을 외부인에게 보이는 게 민망할까 봐 나는 바로 고개를 떨구었다. 그 친구들은 그냥 독기 없는 앳된 청소년의 모습이었다.

사진이나 녹음이 허락되지 않아 핸드폰을 사물함에 넣고 학교로 들어갔다. 상담실에 들어가니 창가로 따뜻한 햇살이 들어왔고 분위기는 아늑했다. 담임선생님과 편하게 이야기를 주고받으며 한 친구가 들어왔다. 반바지에 회색 티를 입고 스포츠머리로 깔끔하게 자른 친구의 모습이 꽤 편안해 보였다. 인터뷰를 시작하자 아이들도 쉽게 마음을 열어주었다. 본인의 가족 이야기, 친구 이야기, 학교 이야기들을 하나씩 말해주었고 지금의 소년원 생활도 솔직하게 들을 수 있었다. 친구들 대부분은 어린 시절부터 보호를 받지 못한 채 살아왔고 부모나 어른의 사랑과 관심을 그리워했다. 단지 평범한 가정의 아이로 자랐기를 바랐다. 늦게 들어오면 걱정해주고, 힘든 건 없느지, 하고 싶은 건 없는지 궁금해하고 자신의 이야기를 나눌 수 있는 가족을 꿈꿨다.

한 친구는 말했다.

"소년원에서 나가면 편하게 말할 수 있는 멘토 같은 사람이 있으면 좋겠어요. 지금 이야기하는 것처럼요. 지금은 살아온 이야기를 했지만, 나가면 사회에서 생활하는 이야기가 있잖아요. 내가 무엇을 했는지, 기분이 어떤지, 그걸 이야기할 수 있는 사람이요. 그럼 포기 안 하고 잘 살 수 있을 것 같아요. 힘든 일이 있을 때마다 터놓고 이야기할 수 있는 사람이요."

인터뷰를 했던 한 친구가 교실로 돌아가 다른 친구에게 전했다.

"교수님이 이야기를 잘 들어주고 재미있어."

뭐가 재미있었을까 싶지만, 자신의 이야기를 펼쳐 놓는 게 꽤 신이 났던 것 같다. 그 이야기를 듣고 온 다른 친구들은 기대감으로 찾아왔고 편안하게 바로 자신의 이야기를 들려주었다. 아이들의 이야기에 귀 기울이며 함께 시간을 보냈다. 아이들과 개별적으로 두세 번의 만남이 끝났다. 마지막 정리를 하면서 한 친구가 말했다.

"인터뷰 다 끝났어요? 그냥 제 이야기만 했는데요? 이걸로 연구를 할 수 있어요?" 친구는 신기하다는 듯 이런저런 질문을 하며 끝난 인터뷰를 아쉬워했다.

소년원의 많은 친구가 절도죄로 이곳에 온다. 조그마한 가게를 털거나, 오토바이 또는 자전거를 훔쳐서 팔거나, 중고거래를 제대로 하지 않았거나 렌트한 차를 반납하지 않았다. 맛있는 걸 먹고 싶거나 놀고 싶을 때면 돈을 훔친다. 이런 아이들을 어린 장발장으로 표현하는 사람도 있다. 과거의 잘못을 뉘우치며 이제는 열심히 살겠다고 다짐한다. 성공하기 위해 소년원에서 미용, 한자, 한식, 제과제빵과 같은 자격증을 취득하며 살아간다. 살아온 이야기를 들어보니 어린 시절부터 당한 폭력이 다른 폭력을 낳았고, 아이들은 편안하게 돌아갈 보금자리가 없이 살아왔다. 어린 시절 이 아이들을 믿어주고 이야기를 들어주는 어른 한 사람만 있었다면 지금보다는 더 행복한 삶을 살지 않았을까….

함께 하는 밥상은
수고로움을 자처하는 사랑이다

　　아빠는 '식탁 공동체'라는 말을 자주 쓰면서 교회를 개척했을 때부터 교인들에게 식사를 대접했다. 대형교회에 부목사로 있던 아빠는 내가 초등학생 때 교회 없는 마을을 찾아 개척했다. 김씨, 이씨만 사는 작은 마을에서 아빠의 목적은 하나였다. 한 사람에게라도 천국에 갈 수 있는 길을 안내하는 것. 그때 아빠는 엄마에게 말했다.

"열심히 맛있는 밥을 해주자!"

　　엄마는 그 말에 동의했고, 그때부터 오는 이들에게 아빠는 영의 양식을, 엄마는 육의 양식을 생각하며 음식을 대접했다.

　　교회에서 30년을 넘게 장을 보고 식사를 준비하던 엄마는 지금도 아름다운마을에서 식사를 준비한다. 오랫동안 해오던 일이라 그런지 맛있는 밥상을 후딱 차려 내놓는 능력이 있다. 물론 뇌경색이 온 이후로는 예전 같지가 않다.

어느 날 아름다운마을에서 돌아온 엄마의 모습에 충격을 받았다. 누구보다 건강했던 엄마인데 뇌경색으로 얼굴에 마비가 와서 입이 돌아가고 잘 걷지를 못했다. 엄마의 모습에 내내 울며 밥을 먹었던 때가 생각난다. 지금도 엄마는 걸을 때마다 다리에 힘이 없어 불편해한다. 그 좋던 순발력은 어디로 갔는지 중심을 못 잡고 넘어지면 얼굴, 팔, 다리 곳곳에 멍이 든다. 엄마는 아주 느려졌고 왼손은 마음대로 움직일 수 없어 힘들어 한다. 그래도 나보다는 식사 준비를 잘하신다.

어느 날 함께 식사를 준비하다가 엄마가 말했다.

"이제는 손에 힘이 없어서 칼질이 어려워"

그러면서 재료들을 쓱 밀어준다. 나는 그걸 받아 느린 칼질을 하면서 웃으며 답한다.

"엄마, 그래도 나보다 빨라."

엄마는 내 말에 그건 당연하다는 듯 웃는다.

힘들어하셔도 아직 엄마의 손맛은 살아있다. 산속에서 직접 기르거나 산 싱싱한 재료들로 맛있게 만들어지는 고향의

맛이다. 식사를 거의 하지 못했던 암 환우분도 마을에서는 한 그릇을 뚝딱 다 드신다. 둥근 상에 마주 앉아 함께 식사하다 보면 반찬을 하나도 남기지 않겠다는 의지로 그릇을 싹싹 비어낸다. 손님들에게는 아름다운 자연과 좋은 물도 즐거움을 주지만 누가 뭐래도 정성껏 준비하는 따뜻한 밥상이 최고의 즐거움일 것이다.

귀한 손님이 오시거나 너무 아파서 식사를 거의 못 하시는 분이 머무실 때는 가끔 잣죽을 준비한다. 오늘도 전날 불린 쌀과 곱게 간 잣으로 뽀얀 잣죽을 끓여 아침상에 올렸다. 귀한 음식을 준비하니 동네에 있는 언니가 생각났다. 서울 가서 항암 받고 돌아왔는데 식사는 잘하고 있는지 걱정되었다. 언니는 남편의 해외 사업으로 혼자 있는 시간이 많았다. 아침에 아이를 학교에 보내고 나면 약을 먹기 위해 혼자 밥을 먹는다. 왠지 오늘은 힘들어서 밥을 차리지 못했을 것 같아, 언니가 먹을 만큼 잣죽을 따로 남겨놓고 전화를 했다.

"언니, 잣죽을 좀 만들었는데. 식사하셨어요?"

"아직….”

"언니 그럼 와서 식사 좀 하세요."

"어, 그래, 알았어….”

희미한 소리가 건너편에서 새어 나왔다. 외로움에 잠긴 듯한 목소리였다. 병마와의 싸움을 홀로 간신히 버티고 있는 소리, 그 위태위태한 소리에 마음이 저릿했다. 홍천군 내면, 같은 동네지만 13km나 떨어진 곳, 갑작스러운 초대를 수락하기에 가까운 거리는 아니었다. 그러나 언니는 고마워하며 아픈 몸을 끌고 서둘러 마을로 들어왔다.

항암 치료로 얼굴은 창백하고 목소리에는 힘이 빠져 있었다. 수척해진 언니를 애써 아무렇지 않은 척 맞이했다. 나무 밥상에 뜨끈한 잣죽 한 그릇을 올려 언니 앞에 내려두었다.

"언니 식기 전에 한 술 떠요."

"응…."

언니는 수저 하나 들기도 버거운 손으로 숟가락을 들고 잣죽을 떴다. 몇 술 떠서 먹더니 갑자기 눈물을 흘리기 시작했다. 누군가에게 목놓아 하소연할 수 없었던 아픔 때문이었을까. 미소 속에 감춰둔 외로움 때문이었을까. 언니는 뜨끈한 잣죽 한 그릇에 외로움을 잊고 마음을 달랬다. 꽁꽁 얼고 맺힌 무언가가 녹아내리듯 흘러내리는 눈물을 닦으며 천천히 그릇을 비웠다. 나는 곁에서 맛있게 먹으라는, 비어 있는 말 밖에는 아무것도 해줄 게 없었다. 코끝이 시리면서도 죽 한 그릇에 전해졌을 마음이란 게 느껴져, 슬프지만은 않았다.

　부드럽게 넘어가는 고소한 잣죽은 소화가 잘되다 보니 귀한 손님들에게 보양식으로 대접한다. 그런데 이번 잣죽은 더 귀하다. 잣이 나무에서 떨어진 순간부터 음식 재료로 사용되기까지 전 과정을 함께 했기 때문이다. 가을 잣나무에서 열매들이 떨어졌다. 떨어진 열매는 송진이 어마어마하다. 이물질이 붙어 있는 열매를 체에 올려놓고 탈탈 털어내어 햇볕에 며칠간 건조시켰다. 큰 잣송이에서 일일이 잣을 분리하고 이물질을 제거했다. 밤 껍질보다 딱딱한 잣을 하나씩 깨면 땅콩 껍질과 같은 속껍질이 나온다. 그 껍질을 벗겨내고 깨끗이 씻어서 잣죽을 만들었다. 조그마한 게 왜 이렇게 비싼지 새삼 느껴졌다. 손이 가는 잣죽을 끓인다는 건 그 과정의 수고로움을 기꺼이 감당하겠다는 뜻이다. 사람을 향한 사랑이란 과정의 수고로움을 기꺼이 자처하는 일이다.

소중한 게
사람이면 좋겠다

어딘가에 소속되기 위해 우리는 등록이라는 걸 한다. 큰 교회를 다니시면서 예산 집행 같은 중요한 행정 일에 오랜 기간 봉사하셨던 분이 계셨다. 그분은 아빠를 만난 후 갓난아이까지 합쳐도 100명이 안되는 작은 우리 교회로 옮기셨다. 몇 주를 나오시더니 어느 날 아빠에게 물었다.

"목사님! 저는 언제 교인으로 등록하나요?"

아빠는 대답했다.

"이미 같이 밥을 먹고 지내는데 함께 식사하면 그게 식구지, 꼭 등록을 해야 하나?"

그분은 교회를 옮기면서 교인등록카드를 작성하고 싶었지

만, 아빠는 등록하라는 말을 하지 않았다. 그분은 큰 교회에 다니던 시기에 행정에 많은 신경을 쓰다 보니 형식에 매여 있는 자신을 보게 되었다. 그리고 이미 식구로 여기며 자유롭게 대해주는 아빠를 신기하게 여겼다. 주일이 오면 기대감으로 아빠가 무슨 생각을 하시는지 궁금해 질문거리를 만들어 가셨단다. 아빠가 돌아가신 후 마을에 오실 때마다 항상 추억처럼 이야기를 들려주시곤 하는데, 그분에게는 아빠의 그런 모습이 재미난 '충격'이었던 것 같다.

아빠는 항상 형식보다 사람을 앞에 두었다. 종이에 남겨진 등록카드보다 함께 식탁에서 매주 한 끼 식사를 하고, 만나서 악수를 하며 안부를 묻는 그 관계만으로도 충분했다. 서로의 마음이 닿아 있으니 이미 교인이고 식구였다.

가끔은 계산 없이 움직이는 아빠가 이해되지 않았다. 효율과 이익이 우선시 되는 세상에서 아빠는 사람을 순수하게 대했다. 나는 아빠의 결정이 존경스러우면서도 쉽게 이해되지 않아 '그렇게까지 해야 하나'라는 생각이 들었다.

언젠가 다리가 많이 불편한 성도님이 계셨다. 예배를 드리는 장소는 지하라서 좁은 계단을 내려가야 한다. 아빠는 매주 힘들게 계단을 오르내리는 그분을 볼 때마다 뭔가 불편해하셨다. 힘들게 한 발짝 두 발짝 천천히 내딛는 모습을 보며 아빠는 1층에서 지하로 내려오는 화물용 엘리베이터를 설치하기로 했다. 수많은 짐을 들고 지하로 내려가도 그 힘듦을 기꺼이 감당했던 아빠인데 그분의 힘듦은 결코 지나칠 수 없었나 보다. 많은 예산과 에너지가 필요한 큰 공사였다. 효율과 이익을 따져도 답이 나오지 않는데 아빠는 그 한 분의 편한 걸음을 위해 고집스럽게 끝내 해내셨다.

요즘 산책길을 걸을 때마다 아름다운 자연과 나 사이를 가로막는 시설물 하나가 있다. 눈엣가시처럼 거슬리는 간이화장실이다. 길지 않은 산책로이지만 걷기 힘든 환우들에게는 꽤 걸어야 하는 산책길. 환우들에게는 화장실이 너무 멀어서 갑자기 화장실을 가고 싶을 때는 불편하다며, 아빠는 길 중간에 화장실을 설치했다. 누구나 그렇듯 아빠에게도 돈은 중요했고 아름답게 보이는 좋은 풍경도 중요했다. 그러나 다른 건 제쳐두고 늘 사람이 1순위였다.

'아빠는 사람의 고통과 힘듦을 어느 정도로 공감했던 걸까?'

계단을 힘들게 내딛는 분의 상황을, 화장실을 가고 싶어도 당장 달려갈 수 없는 환우의 상황을 공감하려고 노력해도 아빠처럼 행동으로 옮기는 건 힘든 일이다. 아빠가 쉽지 않은 결정을 하면서 그들에게 다가간 건 그 자체로 사랑이었다.

나에게도 소중한 게 사람이면 좋겠다. 당신에게도 소중한 게 사람이면 좋겠다. 가끔은 강함 속에 숨겨져 있는 소중한 것에 더 마음을 주고 싶다. 그러려면 사람을 마음 중심에 놓는 연습이 필요하겠지.

아빠가 돌아가시기 전에 자주 불렀던 노래의 한 구절.

'가다가 힘들면 쉬어가더라도 손잡고 가보자 함께 가보자.'

아빠처럼 나 역시 빨리 가는 게 아니라 손잡고 함께 가는 게 소중하길 바란다. 거기에는 어떠한 계산도 없다. 나에게 오로지 당신만 있길 바라본다.

가장 기쁜 이별

아름다운마을에 췌장암 말기인 조선족 부부가 오셨다. 젊은 시절 한국에 들어와 가족을 위해 열심히 일만 하셨다. 이제 50대가 되니 자녀는 컸고 살림은 좀 넉넉해졌다. 이제 좀 쉴까 했더니 췌장암 말기 선고를 받았다. 힘들게 살아온 환우분들의 삶을 대할 때마다 생각하게 된다.

'인생은 왜 항상 이럴까?'

'왜 살만해지면 죽음에 다가가는 걸까?'

허락된 삶이 고작 한 달뿐이라는 소식에 온 가족은 정신이 없었다. 아빠는 혼란스러운 부부의 이야기를 들어주며, 마지막 삶을 준비할 수 있도록 도왔다. 아빠의 권유로 부부는 유품을 하나씩 정리하기 시작했다. 부부는 시간이 흐를수록 마음이 편안해졌다. 중국에서 드시던 만두 같은 음식도 함께 만들어 먹고, 농담도 하며 나름 즐겁게 시간을 보냈다.

한번은 병원에서 있었던 에피소드를 늘어놓았다. 병원 의자에 앉아서 기다리고 있는데 다른 환우분이 옆에서 한숨을 쉬며 서러운 듯 한풀이를 하고 있었단다. 폐암에 걸렸다며 괴로워하는 그분께 한 말씀 하셨다.

"난 췌장암 말기래요. 한 달 남았대요."

옆에 분은 목소리를 가다듬으며 말했다.

"죄송해요. 췌장암은 정말 힘들다던데…."

그분은 췌장암을 이길 암이 없다며 호탕하게 웃으셨다. 그렇게 하루하루를 보내면서 아빠는 환우분께 한 가지를 부탁하셨다.

"시간 날 때마다 난로랑 찜질방 아궁이에 참나무를 계속 넣어서 따뜻하게 만들어줘."

식당에 있는 무쇠난로와 찜질방에 불이 꺼지지 않게 계속 때게 하셨다. 사용할 사람이 있든 없든, 참나무 땔감이 아까운 줄도 모르며 환우분은 아침마다 재를 치우고, 나무를 끊임없이 넣었다. 그 덕에 추운 겨울 영하 20도가 되어도 더워서 반

팔을 입기도 했다. 땔감은 무섭게 줄어들었고 그만큼 공간은 더 따뜻해졌다. 다른 사람들을 위해 따뜻한 공간을 만드는 기쁨을 환우분은 느끼셨다. 마지막 순간 통증에 시달리다가도 다른 사람들을 위해 나무를 넣고 재를 치울 때에는 통증이 사라지기도 했다.

아빠는 하루를 살아도 환자가 아니라 봉사자로 살도록 이끄셨다. 생전에 환우분은 아빠의 그 마음을 아셨다. 이국땅에서 새로 얻은 혈육처럼 아빠 등 뒤에서 가만히 포옹하며 "아부지~"라고 자주 불렀다. 아빠가 저녁에 인사하고 들어갈 때마다 숙소 앞까지 배웅한다며 아빠를 힘껏 받쳐 문 앞까지 모셔다드렸다. 그리고 밝은 미소와 함께 다음 날 만남을 고대했다.

하루는 환우분의 어머니와 가족 몇 분이 방문하기로 되어 있었다. 그런데 계획과 달리 가족, 친척, 지인 등 16명이 한꺼번에 마을로 찾아왔다. 아빠는 그들과 함께 빙 둘러앉아 말씀하셨다.

"오늘이 마지막이 될 수도 있으니 서로 용서할 것이 있으면 용서하고, 하고 싶은 말도 하세요. 이렇게 모였을 때 어떻게 장례를 치를 것인지 의논도 하셔야 합니다. 그래야 돌아가셨을 때 우왕좌왕하지 않습니다."

환우 가족과 방문객들은 한동안 진지한 이야기들을 나누었다. 모든 대화를 마친 후, 간병 지원을 위해 환우분의 어머니는 남으시고 나머지 방문객들은 마을을 떠났다.

그리고 일주일도 안 되어 환우분은 식사를 못하기 시작했다. 아빠는 모든 봉사자들에게 환우분의 숙소에 가서 예배를 드리자고 했다. 아빠와 함께 나도 예배를 드리러 갔다. 환우분은 식사는 못하셨지만 앉아서 찬양은 잘하셨다. 예배를 드리고 나오면서 "안녕히 주무세요."라고 하는데 마음이 이상했다. 버티는 게 힘드실 텐데 '안녕히 주무세요.'라고 말씀드리는 게 죄송스럽기도 했다.

숙소로 와서 잘 준비를 하는데 보호자 분께 연락이 왔다.

"목사님, 남편이 계속 옷을 입고 집에 가겠다고 해요."

아빠는 답했다.

"아. 나가지 못하게 해. 지금 갈게."

아빠는 전화를 끊자마자 사위에게 전화를 하셨다.

"다시 가야겠다. 마지막 예배드리러…"

내 남편은 아빠를 모시고 다시 환우가 있는 숙소로 넘어갔다. 들어가자마자 환우분의 아내는 상황을 다시 설명해 주었다. 아빠는 환우를 보며 말했다.

"지금 가려고 하는 집은 이 땅의 집이 아니라 하늘나라야.
여기 눕자."

내 남편이 환우분을 부축해서 침대에 눕혔다. 부축을 받긴
했어도 환우분은 제 발로 걸어가 침대에 누웠고, 그분의 어머
니와 아내 모두 곁에 있게 하셨다. 함께 찬양을 부르기 시작
했고 아빠는 환우분께 물었다.

"눈에 뭐가 보여?"

물어보는 순간 동공이 힘을 잃는가 싶더니 갑자기 환하게
열렸다. 아기처럼 순수하고 맑은 눈이었다고 한다. 안수하셨
던 아빠는 환우분의 눈을 덮으셨다. 채 5분도 되지 않는 순간
이었다. 임종을 함께 지켰던 모든 이가 천국으로 가는 그 시
간을 생생하게 지켜보았다.

남편은 방으로 돌아와 환우분이 돌아가셨다고 알려주었다.
좀 전에 마음에 걸렸던 '안녕히 주무세요'라는 말이 갑자기
참 편안해졌다. 평안한 곳으로 가시기 전에 마지막 인사를 나
누게 되어 감사한 마음이 들었다. 가끔은 가까이에서 마음을
나누었던 이들과 수시로 헤어져야 하는 아빠의 삶이 힘들어
보이기도 했다. 그러나 그때마다 아빠는 이야기하셨다.

"천국으로 보낸 이별이 가장 기뻐!"

누구나 겪게 될 이별은 슬프다. 하지만 좋은 곳으로 간 거니 가장 기쁜 이별이다. 환우분의 임종을 함께하며 아빠의 그 마음이 어떤 마음인지 함께 느꼈다. 아빠의 말이 '사실'이고 '진실'인 것을. 마지막이 아닌 '천국'이라는 곳으로 갔다. 천국을 확신하면 삶도 죽음도 잔치이기는 매한가지다.

아름다운마을에서는 끊임없이 겪는다. 암 환우와의 만남에 반갑고, 돌아가셨다는 소식에 슬프다. 오고 가고, 오고 가는 게 인생이구나. 오고 가는 인생의 슬픔과 기쁨을 마음에 한 움큼 담으며 새로운 만남을 또 기다린다.

그들의 슬픔이
내 마음 한편에 들어왔으니

8월 말이 되니 무더위가 지나가고 활짝 연 창문으로 들어오는 새벽 공기가 차가웠다. 칠팔월 더위로 지친 내게 신선한 공기가 다가오듯, 한 주간 만난 손님들의 아픔들이 마음 깊숙이 스며들었다.

2년 전 암으로 돌아가신 여장부 같은 분이 계셨다. 그분의 아들은 전라도에서 강원도에 있는 우리 마을까지 5시간의 거리를 수시로 오가며 시간이 날 때마다 엄마를 보러 왔었다. 엄마는 돌아가셨지만, 여전히 마을에 찾아와 엄마와 보낸 시간을 추억한다. 몇 주 전에는 결혼한 아내와 함께 마을을 찾아왔었다.

"요즘 엄마 생각이 많이 나요. 마을 한 바퀴를 도니 같이 의자에 앉고 걸었던 모습들이 하나하나 떠오르네요."

엄마와의 추억을 나누고 신혼생활 이야기도 들으면서 함께 시간을 보내고 헤어졌다.

그리고 며칠 후, 그 아들에게 전화가 왔다. 갑자기 아빠가 돌아가셨다는 것이다. 일하고 들어오면서 같은 건물에 사는 아빠한테 인사를 하러 잠시 들렀는데 숨을 쉬지 않는 아빠를 발견했다. 아침에도 대화를 했는데 아들에게는 너무나 갑작스러웠다. 아들은 내 남편과 통화를 하면서 슬픔에 잠겨 많이 울었다. 효자인 외동아들이 엄마와 아빠를 보내고 겪는 슬픔이란…. 삼십 대의 어른이라도 별수 없었다.

부모를 떠나보내는 건 참 슬픈 일이다. 하지만 자녀의 아픔을 보는 일은 차원이 다른 것 같다. 38세에 뇌종양이 생긴 아들을 데리고 한 아버지가 마을을 방문했다. 아들은 키도 훤칠하고 몸도 건강하지만 아버지는 작고 왜소했다. 마을에 도착하고 차에서 내려 아버지가 아들을 부축하려다가 서로의 박자가 맞지 않아 둘 다 넘어졌다. 다시 아들을 일으켜 데리고 들어오셨는데 그때부터 집으로 돌아가실 때까지 아들에게서 거의 눈을 떼지 않았다.

아버지는 속상한 마음을 나누었다.

"얘가 첫째 아들인데 태어날 때 가정형편이 너무 어려웠어요. 그래서 분유도 잘 못 먹였는데…. 지금 아들이 아프니 그때 잘해주지 못한 게 너무 가슴 아프네요."

1년 전에 갑작스럽게 발병되어 수술을 하고 항암 치료도 받았지만 최근에 재발 된 암. 병원에서는 이제 아무것도 해줄게 없다고 한다. 부모로서 할 수 있는 게 없어 가슴이 먹먹하지만 좋은 물과 좋은 공기는 마시게 하고 싶었다. 깊은 산속에서 3일의 시간을 보내며 아들에게 아름다운 자연을 누리게 해주어 행복하다며 기분 좋게 돌아가셨다.

가족과 헤어지자마자 이번엔 장애인 가족이 찾아오셨다. 함께 마을을 둘러보며 산책 후 식사를 하는데 아버님이 가족 이야기를 꺼내셨다. "1남 3녀로 아들은 애 하난데, 만삭일 때 집에 강도가 들어왔거든. 아내가 엄청 놀랐는데 그때 이 아들이 태어났어." 아버님은 그때 일을 떠올리며 장애를 갖게 된 아들의 삶을 안쓰러워하셨다.

가족들을 데리고 온 딸이 말했다.

"그 말은 나도 처음 듣네."

80대이신 아버님은 지금까지 장애를 가진 아들을 키우면서 얼마나 큰 슬픔을 안고 사셨을까. 오십이 다 되어 가는 딸은 노부부와 함께 남동생을 돌본다. 결혼해서 가정을 꾸리기보다 가족의 아픔을 책임지려는 마음이 컸던 그녀는 부모님과 동생에게 모든 신경이 가 있는 듯하다. 보살핌이 필요한 동생은 얼마 전에도 장애인 작업장에 나갔지만, 이틀 만에 일하기 어렵다는 통보를 받았다고 한다. 딸은 무엇이라도 할 수 있도록 작은 일에도 하나씩 설명하며 동생을 훈련했다.

우리 마을에서 함께 식사하는 동안에도 자연스레 훈련이 이어졌다. 식사 시간이 되면 제일 먼저 들어오는 사람은 동생이다. 말은 하지 못해도 알아듣는 건 충분했다. 동생은 "어, 어"로 '나 왔어요'라는 표시를 한다.

"오셨어요"

"네!"

대답은 얼마나 재빠른지 모른다.

"반찬 이거 가져 가시면 되요!"

"네!"

식사를 마친 후에 다시 동생이 온다.

물병을 들더니 "어, 어"

나는 물었다. "물이 없어요?"

"어, 어" 대답을 보니 물이 없는 건 아닌가 보다. 난 다시 물었다.

"아! 물 가져가시게요?"

"네!"

"네, 가져가세요."

동생은 물과 물컵을 챙겨 혹시라도 떨어트릴까 봐 하나씩 조심스럽게 가족에게 나른다. 그리고 밥이 맛있다며 기분 좋게 몸을 흔들며 식사를 한다. 평생 장애가 있는 아들을 돌보는 수고로움이 가족들에게 얼마나 컸을까. 그리고 그 돌봄의 중심에는 함께 온 누나가 듬직하게 서 있다.

그 뒤에 만난 가족은 피부 희귀병을 가진 아들의 부모였다. 청소년인 아들은 이전에 마을에서 지낸 적이 있어서 피부로 얼마나 고통을 겪고 있는지 알고 있었다. 아들이 힘겹지만 버티고 있다는 것이 대견스러웠다. 아빠는 아들의 괴로움을 함께 느끼고 있었다.

"아들이 너무 괴로우니까 '이제는 못 참겠어' 라고 하더라고요. 그래도 감사한 게… 죽고 싶다는 말만은 입 밖으로 뱉지 않아요. 얼마나 다행이고 감사한지…."

아들은 피부질환으로 괴롭지만, 한편으로는 부모가 자신을 얼마나 걱정하고 마음 졸이며 지켜보고 있는지 너무 잘 알고 있었다. 그런데 어제는 엄마의 이야기를 들었다.

"아들 피부에 수포가 심하게 올라오면 가려워도 피부를 손으로 문지를 수가 없어요. 그러다 보니 괴로워서 잠을 못 자고, 그런 아들을 두고 저도 잠을 못 자거든요. 그러면 둘 다 면역력이 떨어져서 그런지 아들도 저도 피부가 가렵고 쓰라린 증상이 더 심각해져요."

아들만 그런 줄 알았는데 엄마의 팔에도 딱지가 잔뜩 보이고 피부가 빨갛게 부어 있었다. 전염병도 아닌데 아들이 아픈 후 엄마도 피부 이상으로 고생하고 있었다. 그래도 자신의 아픔은 큰 게 아니었다.

짧은 시간 동안 자식의 아픔을 함께 나누는 가족들을 만났다. 고통 속에서 일상이 사라지고, 이전과는 다른 차원의 삶을 살아갔다. 가족의 아픔은 일상의 무언가를 단절시켰고, 눈과 귀를 막고 오직 그 아픔만 보며 살아가게 했다. 그렇지만 어느 누구도 삶을 포기하지는 않았다. 서로가 온전히 마음을 나누며 더 나아질 수 있고 행복할 수 있다는 소망을 지닌 채 하루하루 살아갔다.

기쁨을 나누는 건 쉬운 일이지만 슬픔을 나누려면 용기도 필요하고 듣는 이에 대한 신뢰도 필요하다. 아름다운마을에서 아픔을 나누고 서로를 위해 기도하며 힘듦을 극복하려는 건 지극히 자연스러운 일이다. 다만 궁금해진다. 과연 그 슬픔을 나눌 수 있을까. 슬픔은 나누면 반이 된다던데 내가 그 슬픔을 나누고 있는 걸까. 내가 누군가의 아픔을 이해한다고 해서, 그가 얼마나 슬픈지 다 알고 있다고 착각한다면 얼마나 교만한 것일까? 단지 난 그들의 슬픔이 내 마음 한편에 들어왔으니 조금이라도 그 슬픔이 나누어지길 바랄 뿐이다.

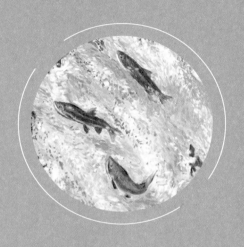

3장

아빠와 함께한 자연이
나에게도 온다

삶과 죽음이 공존하는
단풍나무

아빠는 폐암 선고 후 20년 동안 강원도 홍천 내면에 있는 아름다운마을에서 삶과 죽음의 이야기를 나누며 귀한 시간을 보냈다. 아름다운마을이 시작되는 길에는 단풍나무 두 그루가 있다. 마을에 방문하는 손님들을 맞이하는 나무이다. 성인 두 배 정도 되는 높이로 둘레는 한쪽 팔로 감쌀 수 있을 만큼 날씬하다.

스산한 3월의 봄부터 기지개를 켜듯 가지를 뻗어내기 시작하더니, 단풍잎은 어느새 다섯 손가락을 활짝 핀 붉은 손이 된다. 바람이 불면 무성한 팔을 흔들며 나를 부르는 것 같다. 가을에는 쨍쨍한 햇볕 아래 울긋불긋 익어가는 잎들이 깊어지는 계절을 전한다. 그 수려함은 푸른 하늘 아래 붉은 별을 한데 수놓은 듯해 지나가는 이의 눈길을 사로잡았다. 겨울에는 잎이 없고 가지만 남아 있어 초라해 보이지만 그건 나무가 내년을 덤덤히 맞이하는 모습이었다. 매섭게 추운 영하 20도의 겨울 속에서 나무는 희망을 품는다.

단풍나무 두 그루 사이에는 그네가 있다. 그네에 앉으면 마치 나무에 안긴 듯이 편안하다. 그네와 단풍나무가 만들어낸 이 공간은 내가 가장 아끼는 그림 같은 장소 중 하나이다. 오이, 파, 고추, 옥수수 같은 먹거리를 심어 밭에서 구슬땀을 흘리다 보면 푹푹 찌는 열기를 견디기 힘들 때가 온다. 그럼 고맙게도 단풍나무가 쉬러 오라고 손짓한다. 단풍나무 아래로 들어가면 어느새 붉게 타오르던 얼굴을 식혀주고 마음에 쉼까지 준다. 여름엔 시원한 휴식을 주고 가을엔 수줍게 물든 잎들이 눈호강을 시켜준다. 항상 옆에 있는 나무지만 새삼 고마움을 느낀다.

마을에는 소나무, 주목나무, 배나무, 전나무 같은 여러 나무가 씩씩하게 자리를 지키고 있다. 그중에서도 손님맞이 나무인 단풍나무는 더욱 특별하다. 햇살이 단풍나무 사이로 빗금 치듯 내리면, 아빠는 한 손에 지팡이를 쥔 채 나무 아래에 앉아 볕을 쬐었다. 따스한 햇볕이 아빠의 정수리와 어깨, 등에 스미는 시간. 아빠는 그 온화한 오후를 즐겼다. 아빠는 항상 나무 아래에서 설렘으로 사람을 마중하고, 소중한 순간을 함께하며 그들을 배웅했다. 단풍나무 아래에서 오고 가는 사람들과 따뜻한 이야기들이 추억으로 물들고 아빠는 온 마음을 담아 그들을 위해 기도했다.

아빠가 돌아가신 후에도 우리는 단풍나무 아래 서 있다. 어느 날 단풍나무 옆에 서 있던 손님이 아빠를 그리워하며 말했다.

"전에 기억나요? 목사님이 선글라스를 딱 쓰고, 여기서 지팡이를 짚고 허리를 꼿꼿이 세운 채 손 흔들며 마중 나오셨잖아. 그때 몸이 안 좋으셔서 걱정하면서 왔는데…."

마중 나온 아빠의 모습이 선하다며, 손님들은 아빠의 말 한마디에도 행복해했다. "잘 살았어?"라는 아빠의 한마디를 시작으로 삶이 함께 했던 곳. 단풍나무 아래에 서면 지금도 아빠의 얼굴이 보이고 목소리가 들린다.

오래전에 폐암 진단을 받고 수술하셨던 분이 마을에 찾아오셨다. 의사가 말했단다.

"좋은 시기에 발견되어 행운입니다. 수술은 잘 되었습니다."

암에서 나왔다며 홀가분하게 지낸 지 딱 일 년이 되었다. 그런데 재발이 되어 다른 곳에도 암이 발견되었다. 장거리를 나서거나 운전, 등산과 같은 일상생활은 금지되었다. 그럴수록 그분은 스스로 위축되고 어둠에 갇혀갔다. 당연히 나았을 거라고 믿었는데, 암이 재발했다는 소식에 당황했고, 허탈과 분노로 괴로워 했다. 아빠는 환우분에게 암을 설명하고 몸을 관리하도록 도왔다. 물론 아빠가 암 선고를 받고 삶을 정리했듯 삶을 정리하라는 말도 빼먹지 않는다. 대화할수록 암을 알아가게 되고 위로의 말 가운데 평안이 움튼다. 암의 공포와 불안감, 여러 후유증으로 시달렸던 환우가 말했다.

"가르쳐 주신대로 따르니 평안하고 안정된 생활을 하고 있어요. 암에 대한 지식을 배우니까 하루를 살아도 햇살이 아주 찬란하게 느껴져요. 마음속에 어둠이 걷히고 평안한 마음과 함께 하루하루 활력이 넘치고 여유가 생겨요."

자신의 삶을 그대로 받아들이니 감사한 마음이 생겼고, 그 다음은 생애 처음으로 누려보는 평안함이 찾아왔다. 이전의 삶과는 전혀 다른 새로운 차원의 기쁨과 열정이었다.

초기 암 선고를 받아 당황하고 불안해하는 손님들이 오시면 아빠는 상담을 시작하셨다.

"걱정하지 마세요. 이상세포가 정상세포로 돌아오면 됩니다. 암은 세포라서 관리하면 됩니다. 아름다운 정원도 관리하지 않으면 엉망이 되지요. 우리 몸도 관리하지 않으면 면역력이 약해져서 병에 걸리게 되요. 수분을 보충하고 식사를 잘하고 마음 관리를 잘하시면 됩니다. 의사의 치료만으로는 건강할 수 없습니다. 몸을 잘 관리하는 게 수술이나 투약보다 근본적으로 중요하지요"

아빠는 암을 관리하는 방법들을 차근차근 설명해주었고, 손님들은 열심히 들었다. 시무룩하고 웃음기 하나 없던 얼굴들이 미소를 짓기 시작했다.

자주 오시는 손님들은 서로의 안부를 물으며 기분 좋은 대화들을 이어 나간다.

손님들과 헤어질 때, 아빠는 마지막처럼 인사한다. 서로 손을 잡고 함께 기도하며 다시 만날 때까지 잘 살라며 미소를 보낸다. 어떤 때는 함께 즐겁게 웃지만, 어떤 때는 정말 마지막이 되지 않을까 싶은 아쉬움에 눈물이 흐르기도 한다.

사람들과 도란도란 이야기 나누던 아빠의 기억은 단풍나무 아래에서 펼쳐진다. 식물들은 소리를 듣는다고 했다. 아빠가 평안히 햇볕을 쬐며 사람들과 웃으며 대화했던 그 모든 순간의 소리를 단풍나무는 들었을 테지. 그런 단풍나무에게 나는 말을 걸었다.

"단풍나무야, 아빠와 좋은 시간 보냈지? 이제는 아빠의 이야기를 들을 수 없네. 대신 앞으로는 내 이야기들을 들어줄래? 아빠와 함께 했던 것처럼 이제는 나랑 친하게 지내자. 앞으로 잘 부탁할게."

빨간 단풍잎을 만지며 아빠를 만나고, 아빠와 함께한 이들을 다시 만난다. 아빠가 누리던 고요한 시간, 사람들과 웃고 떠들던 시간, 열심히 상담하며 앎을 나누던 시간, 그 모든 시간을 함께한 단풍나무.

나무는 1년에 나이테 하나를 만든다. 겨우내 나무는 나이테 만드는 일을 멈추고 겨울잠에 든다고 한다. 결국 겨울은 나이테의 시작과 끝을 결정하는 계절이다. 아빠는 항상 인생을 계절로 표현했다. 인생의 겨울이 되어 죽음을 맞이할 때, 나무도 겨울을 맞아 잠든다. 나무의 나이테에는 생명과 죽음이 돌고 돈다. 나무는 멈춘 듯하지만, 삶과 죽음 사이에서 원을 그리며 나아간다. 나무는 삶에서 죽음을 뿌리내리고, 죽음 속에서 다시 삶을 움트게 한다.

생명과 죽음이 돌고 도는 나무의 나이테는 우리네 삶과 비

숫하다. 삶 속에서 성장하지만 결국 죽음을 마주하고, 그 죽음은 새로운 삶을 떠받치고 있다. 돌아가신 아빠는 하나의 나무였고 나는 생장하는 연한 나이테를 갖기 시작했다. 아빠가 살아온 방식과 사고는 나에게 희망과 기회를 주었다.

아빠를 잃었다는 상실의 고통은 대단했으나 덕분에 아빠의 삶을 깊이 기억하게 되었다. 상실의 고통은 아빠가 알려준 베풂과 사랑의 가치를 여전히 살아있게 해준다. 아빠를 향한 기억은 내가 가야 할 길을 안내하며 나의 삶을 지탱한다. 지금도 나는 단풍나무 아래서 글을 쓰며 아빠를 떠올린다. 동시에 우리의 아름다운 삶을 희망한다.

무쇠난로의
힘

10년 전 아름다운마을에 신관을 개관하고 처음 겨울을 맞이할 때였다. 100평이 되는 실내 공간을 효율적으로 데우기 위해 고민을 하다가 아빠 친구의 소개로 난로를 설치하게 되었다. 난로를 설치하고 나니 사람들의 반응은 좋았다. 불 피우기도 쉽고, 연기도 나지 않고, 따뜻하며, 관리하기도 쉬웠다. 난로에 모여 앉아 군고구마와 따뜻한 차를 마시며 더는 바랄 게 없는 듯 행복해했다. 아빠는 "난로야, 고맙다."라는 말을 자주 하셨다.

어느 날 시인인 암 환우 분이 방문하셨다. 그분도 난로에 흠뻑 빠지셨다. 그분은 난로를 무쇠난로라 칭하며 바로 시 한

편을 지어 보여주셨다.

무쇠난로

이 칭찬

넓디넓은 커다란 방 한 가운데
활활 타오르는 장작을 껴안고
열기를 내뿜는
단단한 무쇠난로

네모난 투박스러운 모습
갑옷을 갖춰 입은 고려의 무사 같다.

하이얀 겨울 하늘
이마에 얹고
말없이 지켜 서 있는
나무들을 바라볼 수 있는
맑고 커다란 유리창을 달구는
그 위엄이 돋보인다.

유리그릇 속에 차고 넘치는
끓어 넘치는 쑥차의 향기는
모두의 마음에 차분한 평안을 준다.

모두의 염원을 담아
함께 걱정하며 위로를 전하는
오롯이 잡은 두 손의 온기는
검은 무쇠난로를 닮았다.

바알갛게 달아오르는
두 뺨을 쓸어보며
틀림없이 쾌차하리라고
용기를 주는 모든 이들은
무쇠난로의 뜨거움을 한껏 맛본다.

세상 어디에도 없는
더욱 간절함을 담아
모두의 소망이 달궈진
무쇠난로의 열기는

서로를 용기 지우며

소망한대로 이루어질 것이라는
기대를 더욱 돋운다.
검은 쇳덩어리의 열기는 모두의 희망을 달군다.

암으로 죽음에 다가서게 된 이들. 그러나 무쇠난로는 세상
어디에도 없는 간절함을 담아 모두의 희망을 달구어주었다.
틀림없이 쾌차할 것이라는 용기를 주니 그 뜨거움을 마음에
더 간직하게 된다. 무쇠난로는 공간을 데우기 위해 마을에 왔
지만, 사실은 마음이 추운 아픈 이들에게 몸과 마음을 데워주
고 희망까지 돋구었다.

오늘도 나는 힘 있는 무쇠난로를 바라본다. 시인의 말처럼
활활 타고 있는 참나무를 품고 있는 무쇠난로는 갑옷을 입은
무사처럼 단단했다. 그리고 난로 덕분에 나는 따뜻해졌다. 무
쇠난로를 뚫어지라 쳐다보며 단단함과 따뜻함을 번갈아 가며
느꼈다. 그리고 그 느낌은 보면 볼수록 어울리지 않았다. 부드
러워야 따뜻할 것 같고, 단단하면 싸늘할 것 같은데... 단단한
따뜻함은 뭘까? 문득 아빠의 모습이 떠올랐다.

아빠는 어떠한 상황에서도 단단한 존재였다. 아빠의 직업은 목사였지만, 20대 시절에는 목사를 꿈꾸지 않으셨다고 했다. 결혼 후에 할아버지가 위암에 걸리셨고 여러 병원을 모시고 다녔지만 할아버지의 상황은 심각했다. 주삿바늘도 들어가지 않아 병원에서 할아버지를 포기했을 때 아빠는 기도했다.

"하나님께서 치료해주세요. 그래서 아버지가 예수님을 믿고 천국에 갈 수 있게 해주세요. 그러면 저는 목사가 되겠습니다."

기도 후 아빠는 더는 의지할 병원이 없던 할아버지께 예수님을 전했고 결국 할아버지는 병원이 아닌 하나님을 믿기 시작했다. 아프고 힘들었던 할아버지 몸은 좋아졌고 식사도 잘하게 되어 좋은 컨디션으로 하루하루를 살아가셨다. 6개월 뒤 할아버지는 가족들이 둘러앉은 자리에서 아빠 품에 안겨 편안하게 찬양을 부르다 돌아가셨다. 상태가 좋아졌던 할아버지는 결국 예수님을 믿고 돌아가셨고, 아빠는 기도한 대로 신학교에 들어갔다.

아빠는 목사가 되어 꽤 오랜 시간 리더로서의 삶을 살아오며 어떤 리더보다 단단했다. 큰 교회에 부목사로 있다가 교회가 없는 마을에 들어가 교회를 세웠다. 재산을 팔아 교회 세울 준비를 했지만 시골에 교회를 세운다는 말에 땅주인이 땅 값을 10배나 올렸다. 아빠는 계획했던 예산보다 더 큰돈이 필요하게 되었고 당장 있던 땅과 집들을 팔지 못해 대출을 받았다. 성도는 몇 명 안 되었고 비싼 이자를 낼 헌금도 마련되지 않았다. 아빠는 이자를 내기 위해 교인에게 돈을 빌리고 그 빌린 돈에 이자를 쳐서 다시 갚으며 교회를 지켜왔다. 어떤 교인은 아빠한테 보증을 서달라고 해서 믿고 서주었는데 도망가 버려서 큰 어려움을 당하기도 했다.

아빠는 힘든 시기를 보냈지만 어떠한 문제든 상황을 잘 파악하고 무너지지 않으며 문제를 해결해갔다. 어렸을 때 큰어머니 밑에서 차별을 받으며 괴로운 어린 시절을 보냈지만 아빠는 마음이 건강했고, 더 큰 책임감을 스스로 느끼며 어려운 사람들을 위해 일하며 살고자 했다. 목사가 된 아빠는 뭐든 앞장섰다. 쓰레기가 보이면 먼저 치웠고 물건을 제자리에 정돈하며 주변 환경을 몸소 깔끔하게 정리했다. 교인들이나 손님들과 함께 고기를 구워 먹으면 고기를 굽는 것도 아빠였고, 쓰레기를 정리하거나 아궁이에 불을 피우는 것도 아빠였다. 컨디션이 허락될 때에는 언제나 뭐든 앞장서서 헌신하셨다.

매슬로우의 『인간욕구를 경영하라』를 보면 리더에 대해 말한다.

"리더라면 사람들에게 미움을 받거나 인기가 없어도 잘 견디며 일을 그르치지 말아야 한다. 모든 사람에게서 사랑을 받아야 하는 사람은 대부분의 상황에서 훌륭한 리더가 못 될 가능성이 높다."

아빠는 사심으로 인기를 누리며 권력을 행사할 마음이 없었다. 해야 한다고 결정하면 강단 있게 일을 추진했고 그 과정에서 자신의 안녕을 추구하지 않았다. 우리가 바라보는 아빠라는 존재는 이런 완벽한 리더의 모습과 비슷했다. 일에서 강인한 모습을 보였고, 가정에서 아내와 자녀를 부양하는 의무에 책임을 다했다. 갑옷을 입은 무사처럼 어떠한 상황에서도 단단했다. 무쇠난로처럼 단단하게 우리를 보호하고 지켜주었다. 그리고 따뜻했다. 초등학생 때부터 나는 안경을 썼다. 안경을 쓴 아빠는 항상 말했다.

"우리는 안경이 눈이야. 그러니까 안경을 항상 깨끗하게 닦아서 써야해."

그러면서 아침마다 아빠 안경을 닦을 때 내 안경도 열심히 닦아주셨다. 너무나 사소한 일상이지만 그 작은 행동을 떠올리는 지금까지도 나는 아빠의 사랑을 느낀다.

아빠는 성격이 꽤 급했다. 약속이 있을 때 정확하게 시간을 지키는 게 아니라 훨씬 더 빨리 지켜야 했다. 그런 급한 성격 때문에 가족들이 빨리 움직이지 않으면 아빠는 화가 나기 시작했다. 그러다보니 내가 어렸을 때부터 아빠에게는 작은 습관 하나가 생겼다. 책상에 붙여 놓은 메시지를 보며 화를 참는 것이었다.

'이게 화를 낼 일인가?'

'화를 내는 게 정당한가?'

'화를 낸다고 달라지는가?'

아빠는 항상 읽고 생각하며 화를 참으려고 노력했다. 그리고 이해하려고 했다. 그런 노력이 얼마나 큰 노력인지 부모가 된 이후 더 크게 느낀다. 내가 어렸을 때 부모님은 참 바쁘셨던 것 같다. 서로 대화도 많이 나누지 못했고 우리 네 식구 여행 한번 가본 적이 없다. 그런 삶이 미안하셨는지 아빠는 내가 성인이 된 후 생일마다 손편지를 써주셨다. 편지에는 사랑하는 마음이 보였고 삶의 지혜와 조언이 고스란히 담겼다.

무쇠난로처럼 단단하게 우리를 보호하고 지켜주었으며, 사랑을 담은 따뜻한 조언과 지혜로 나를 성장시켰다. 단단함과 따뜻함은 무쇠난로처럼 내 삶에 불을 지펴주었다. 사랑과 위로로 안정감을 주었고 주변을 빛나게 했다. 아빠는 참 좋은 아빠였다. 그런데 어째서 아빠는 좋은 모습만 보여줘야 했을까? 어떻게 아빠의 안 좋은 모습은 볼 수 없었을까?

아빠는 인간 본성의 모습 대신 끊임없는 의지와 노력으로 늘 좋은 모습만 보여주었다. 언제나 같은 모습으로 서 있었다. 분명 아빠도 수많은 문제와 고민 속에 힘들고 괴로웠을텐데, 외로웠을 텐데. 이런 모습을 담고 있는 아빠는 왜 못 봤을까? 내가 볼 수 없는 그 어떤 곳에서만 존재하는 아빠가 있었을 거라고, 늦게나마 이런 생각을 해본다. 아빠가 살아계셨다 하더라도 나는 여전히 한 인간으로서 아빠라는 존재의 고뇌를 보기는 힘들지 않았을까.

알고 나니
귀해졌다.

아름다운마을 산책길을 거닐던 봄날이었다. 숲속 냇가의 석회 바위틈에서 불그스레한 자줏빛이 희끗희끗 보였다. 언뜻 살펴보니 할미꽃이었다. 무심코 지나가는 나에게 친구는 말했다.

"어머! 할미꽃이네. 이거 엄청 귀한 거야."

깊은 산속, 쉬지 않고 흐르는 냇물과 함께 있는 석회 바위에서 피는 할미꽃이라 더 귀하단다. 친구의 말에 고개를 돌려 곱다랗게 고개 내민 꽃을 자세히 들여다보았다. 하얗고 보드라운 솜털 옷을 입은 야생화. 할미꽃은 화사한 것 같으면서도 소박한 우아함에 광채가 났다. 귀하다고 생각하니 꽃 한 송이를 대하는 마음가짐이 달라졌달까. 이 귀한 걸 또 언제 볼까 싶어 사진으로 남기기 시작했다.

한참 걷다 보니 명이 밭 옆으로 질경이를 만났다. 둥근 잎 들 한가운데 파릇파릇한 대가 경중 올라온 모양새였다. "와, 질경이네 이거 정말 귀한 거야." 친구가 손가락을 가리키며 반갑다는 투로 말했다. 질경이는 산책로에 널린, 그저 그런 풀 아닌가. 그냥 지나치려 했는데, 친구는 질경이 옆에 서서 찬 사를 늘어놓았다. 봄과 여름에는 어린순을 캐서 나물로 먹으면 싱그런 맛이 난단다. 가을에 나는 씨는 햇볕에 말려 약으로 쓰일 만큼 용도가 다양해 귀하단다. 그 말을 듣고 나는 허리를 구부린 채 고개를 내밀어 질경이에게 다가갔다. 가느다란 대롱 주변에 씨앗이 어찌나 촘촘하게 달렸는지. 그 야무진 모습에 마음이 풍성해졌다.

귀하다는 것에 마음이 스멀스멀 동했다. 몰라서 귀하지 않았을 뿐 알고 나니 귀해졌다. 생각할수록 세상에는 귀한 것이 넘쳐난다. 겨울날의 햇살, 여름날의 시원한 바람, 차가운 냇가, 상쾌한 공기까지. 중요한 건 이 귀한 것이 모두 공짜라는 사실. 무상으로 무한 공급받고 살았으니 그 가치에 감사하지 못했다. 어떤 때에는 도시가 아니라 깊은 산골에 사니까 좋은 공기를 마시는 건 당연하다고 여겼다.

어느 날은 폐암 환우분이 방문하셨다. 폐가 안 좋으시다 보
니 미세먼지 측정기를 가지고 다니셨다. 환우분은 산책길을
오가며 우리와 마주쳤는데, 흐뭇한 미소와 함께 보여줄 게 있
다며 다가왔다.

"이것 좀 보세요."

그가 내민 건 미세먼지 측정기였다.

"미세먼지가 0이예요. 주변에는 미세먼지가 있는데 여긴 없
어요. 계속 0이예요." 신나서 설명을 해주는데 눈으로 그 숫자
를 보니 놀라웠다. 몸으로도 느껴지는 좋은 공기였지만, 측정
기를 통해 보니 미세먼지 하나 없는 맑은 공기가 얼마나 귀하
고 감사한지. 그 이후로는 그냥 좋은 공기가 아니라 귀한 공
기가 되었다.

아빠는 겨울이 지나면 산책로에 복수초가 피었는지 보라
고 하셨다. 복수초는 보통 1월 말부터 전국 곳곳에서 개화하
는 꽃이라 봄의 전령사로 불린다. 봄을 알리는 복수초는 따뜻
한 곳 먼저 지나오느라 아름다운마을에는 늦게 찾아온다. 올
해는 3월 중순이 넘어서야 작고 새초롬한 얼굴을 드러냈다. 3
월에만 폭설이 세번이 왔으니 꽃들이 언제 피어나나 싶지만,

언 땅에 눈을 녹이며 샛노란 꽃이 피었다. 눈 속에서 구멍을 낸 것처럼 꽃대를 올리고 피어난 복수초는 하얀 눈에서 더 화려한 풍경을 만들어냈다. 땅이 미처 녹지 않아 밭을 일구지도 못한 채 기다리고만 있는 우리와 다르게 눈이 쌓인 언 땅에서 꽃을 피우는 복수초가 신기했다. 문득 복수초가 궁금해졌다. 찾아보니 복수초는 스스로 열을 발생시켜 주변에 눈을 녹일 수 있는 '난로 식물'이라고 한다. 열로 주변을 따뜻하게 만들다니 놀라운 꽃이다. 더 재밌는 건 복수초는 낮과 밤에 생김새가 다르다는 사실이다. 이틀 전에 해가 쨍쨍할 때 활짝 핀 복수초를 봤던 손님이 늦은 오후 꽃잎을 오므리고 있는 복수초를 보며 놀란다.

"어! 사진 보세요."

이틀 전에 찍었던 활짝 핀 복수초 사진을 보여준다.

"이렇게 활짝 폈던 꽃인데 어떻게 된 거예요?"

놀란 눈으로 물어본다.

"그러니까 말이야. 꽃이 햇빛을 모으다가 늦은 오후가 되면 온기를 잃지 않으려고 꽃잎을 닫는데."

그렇게 복수초는 부지런히 꽃잎을 오므리고 펼치기를 반복하며 여러 모습으로 우리에게 다가왔다.

산책길을 오갈 때마다 복수초를 계속 보게 되었다. 만날 때마다 복수초를 알아가니 친밀해지고 귀해진다. 그럴수록 나는 사람들에게 신나게 알려주며 내게 동했던 감정을 전한다. 그러면 사람들도 반짝이는 황금빛 꽃을 아름답고 신기하게 보았다.

"그런데 왜 하필 이름이 복수초예요?"

"그러게. 나도 모르겠네."

아름다운 모습에 어울리지 않는 '복수'라는 이름이 퍽 아쉬웠다. 나는 뜻을 찾아보았다. 왜 복수초라고 했을까. 아쉬운 마음은 금방 풀렸다. 원한 관계의 복수가 아닌 복을 받고 오래 살라는 뜻이란다. 알게 되고 이해하니 더 귀해진다.

한 송이 작은 복수초를 통해 소중한 깨달음을 얻는다. 작은 것을 작지 않게, 당연한 것을 당연하지 않게 여기는 마음. 오늘도 어느 것 하나 버릴 것 없는 자연을 소중히 바라본다. 그런 마음으로 맞이하는 소소한 하루는 감사로 반짝거린다.

잡초와 함께
살아가는 법

     3월 봄, 언 땅이 녹기 시작하면 그 땅을 뚫고 나오는 초록이들이 참 반갑다. 산명이와 산나물들의 싹이 나올 때 어김없이 '없으면 좋겠다' 싶은 잡초들도 등장한다. 드디어 4월. 잡초와의 전쟁이 시작되고, 8월까지는 각오하고 전쟁을 치른다. 산나물, 꽃들이 피는 메인 자리부터 구석진 곳까지 잡초는 자기가 주인인 양 자리를 잡고 힘있게 뻗어간다. 모든 곳을 점령하겠다고 아우성이니 나는 가만히 있을 수 없다. 모자에 엉덩이 의자까지 장착하고, 호미를 들고 아침부터 나간다. 전날 분명 자잘했던 잡초들인데 비라도 잠깐 오면 어찌나 잘 크는지. 산나물, 상추, 고추, 옥수수, 예쁜 꽃들처럼 우리에게 필요한 것들만 쑥쑥 크면 좋겠는데 잡초 또한 무성해지니 참 난감하다. 잡초 안에 뒤엉켜 자라지 못하는 나물들과 꽃들을 보며 잡초들을 더 미워하기 시작한다. '너희들 때문에 얘네들이 밥도 못 먹고 크지도 못하잖아'라는 마음을 품은 채 전투적으로 잡초들을 뽑아내며 전쟁을 치른다.

어느 여름날 아빠는 단풍나무 아래 의자에 앉아계시고 나는 주변에서 잡초를 제거한다며 열심히 호미질했다. 밭일을 할 때마다 초보인 나는 항상 의욕이 앞선다. 처음에 계획했던 만큼 일을 하지 않고 '여기까지, 저기까지, 조금만 더, 조금만 더'라며 지나치게 일을 한다. 그날도 그렇게 더! 더! 외치다가 해가 넘어갔다. 주변이 어둑어둑해지자 모기 같은 놈들이 나타나기 시작했고 어느 순간 발등이 간지럽기 시작했다. 집에 들어와 보니 양쪽 발등부터 발목까지 40방은 물렸다. 흉터도 오래갔고 잠자다가 한번 긁기 시작하면 계속 긁느라 잠을 설칠 때도 많았다.

열심히 긁다가 아빠한테 40방이나 물린 경험담을 풀었다. 아빠는 모기에 물린 것보다 잡초를 뽑았던 이야기에 집중하더니 말씀하셨다.

"왜 이렇게 힘들게 오랫동안 뽑았어? 그렇게 일하면 길게 일할 수가 없어."

아빠는 한 번에 욕심내지 말고 처음 생각한 대로 조금씩 조금씩 하라고 했다. 그리고 잡초는 웬만하면 함께 자라게 놔두라고 했다. 잡초 때문에 다른 식물들이 잘 자라지 못하는데도 말이다. 나는 삐죽이 올라와 경관을 해치는 잡초들을 눈에 불을 켜고 뽑았는데, 아빠는 그냥 놔두란다. 잡초에 힘을 빼지 말라는 거다. 그런데 나는 왜 잡초를 이렇게 열심히 뽑고 있을까?

이유는 하나다. 예쁜 꽃들을 잘 가꾸어서 산책로와 정원을 아름답게 가꾸고 밭에서 거둔 맛난 채소들을 풍성하게 먹고 싶었다. 내게 필요한 것만 잘 크길 바란 것이다. 잡초는 소중한 것들의 성장을 막는 아주 못된 풀일 뿐이었다. 그러니 더 열정적으로 열심히 뽑았다. 심지어 뽑으며 화를 내기도 했다. '필요한 사람이 돼야지.' '다른 사람을 막는 못된 아이는 되지 말아야지.' 라고 나쁜 아이를 야단치듯 잡초와 씨름했다. 그런데 아빠는 그냥 놔두라 했다. 왜 그래야 할까?

어느 날 방문한 손님은 자신의 힘들고 괴로운 삶을 나누면서 얼마 전에 들었다는 청어 이야기를 들려 주셨다.

"청어를 잡아 국내로 들여올 때 대부분은 제풀에 지쳐 모두 죽는대. 그런데 한 어부가 청어가 있는 수조에 천적인 메기를 넣었더니, 청어들이 메기를 피하려고 부지런히 움직여 싱싱함을 유지한 채 항구에 도착한다는 거야. 죽은 청어들보다 결국 아주 비싸게 거래가 되는 거지. 나도 삶이 참 힘든데 천적이 있어서 열심히 살아내고 있는 것 같아. 칠십 평생을 살면서 그런 천적이 없었다면 내가 이렇게 버틸 수 있었겠어? 그래서 힘들지만 감사하려고."

화통하시고 걱정 하나 없을 것 같은 여장부 어르신. 그분 또한 힘들게 삶을 살아내셨다고 생각하니 마음이 겸허해졌다.

신선한 채소들과 싱그러운 열매, 아름다운 꽃들. 이 모든 것의 천적을 잡초라 여기며, 제거하기 위해 사투를 벌여왔다. 그런데 키 작은 잡초는 도움이 되기도 했다. 잡초가 있어서 토양이 뙤약볕에도 마르지 않았고, 자외선이 땅을 살균 소독하는 걸 막아 흙 속 미생물이 죽지도 않았다. 수많은 지렁이가 잡초 밑에서 꿈틀거리지만, 가끔 시멘트 길 위에서는 말라 죽는 걸 봐도 그렇다. 세잎 클로버 같은 잡초들은 질소고정 식물이어서 뿌리에 사는 질소고정 세균이 질소를 만들어내어 비료 없이 땅을 비옥하게 만들었다.

아빠가 너무 열심히 뽑지 말라고 하신 이유를 그제야 이해했다. 내 마음이 대담해져서 잡초들과 함께 거하며 그냥 편하게 지켜볼 수 있을까. 나는 목사의 딸로 살면서 모함과 오해를 당해봤다. 내가 말하지도 않았고 생각한 적도 없는 이야기들이 수없이 전해졌다. 그리고 누군가는 그걸 무기 삼아 사람들과 편가르기를 하며 나를 괴롭혔다. 어느 날은 교인 한 사람과 통화를 했는데, 나보고 어떤 말을 한 적이 있냐고 물었다. 그런 적이 없다고 하니 없으면 됐단다. 나는 그 말을 전한 사람을 알려달라고 했지만 일이 커질 수 있으니 알려줄 수는 없단다. 거짓에 동참하며 본인은 선한 척하는 모습이 꼴사나웠지만 나는 참았다. 며칠 뒤 또 다른 교인을 만났다. 나에게 또 다른 말로 사실 확인을 했다. 그런 적 없고 누가 그렇게 말했냐고 물으니 알려주지 않는다. 삼자대면을 하자고 하니 또 아니면 됐단다. 나한테는 상처라고 하니, 사실이 아니면 됐다고 상처도 받지 말란다.

사람들은 남에 대해 쉽게 말하며 상처를 준다. 그러면서도 상처를 받지 말라는 말도 참 쉽게 한다. 오해와 모함으로 억울하고 답답하고 분한 마음을 참고 사는 게 최선인 건가. 그저 내 인생에 없는 사람이라 여기고 똑같은 사람이 되지 말자며 나를 달래는 수밖에 없었다. 타인과 함께 하는 삶은 얼마나 많은 오해 속에 억울한 일을 당하고 슬퍼해야 할까. 반대로 온갖 모함과 구박, 거짓을 일삼는, 세상에서 없어져야 하는 잡초 같은 사람들은 또 얼마나 많은가.

그런데 그들로 인해 나의 모난 돌은 다듬어지고 있다. 사람들은 애써 둥근 돌이 되지 말라고, 모난 대로 내 생김새 그대로 살아도 된다며 위로하기도 한다. 하지만 세상 풍파에 부딪히고 깎이면서 나의 모남이 마모되고, 삶을 둥그스름하게 어루만지는 법을 배우는 것 같다. 들판에 무성한 잡초를 그냥 지켜볼 수 있기를. 없애버리지 않고 공생하며 적당한 성장을 이루어 나가길 바란다.

흐르는
물처럼

아름다운마을은 두 팔 벌린 계곡의 품 안에 안
겨있다. 한쪽 팔은 오대산 을수골의 내린천 발원지에서 흘러
내려오는 좁은 계곡, 다른 팔은 명개리에서 마을을 거쳐 내린
천으로 연결되는 넓은 계방천이다. 아빠는 마을 앞에 흐르는
계방천의 물길을 보며 인생을 물 흐르듯이 살라고 말씀하셨
다. 그 말을 들을 때면 '욕심내지 말아야지, 내려놓으며 살자'
라며 흐르는 물에 마음을 담았다.

햇살이 따뜻하게 비추던 날, 고요한 숲속의 냇가는 느릿느
릿 춤을 추듯 흘렀다. 얕은 물가의 작은 돌멩이가 햇살을 품
으며 반짝였다. 잔잔한 물줄기는 커다란 돌에 부딪히자 양 갈

래로 나뉘어 흘렀다. 돌덩이 주변에 부서지는 하얀 포말은 한 폭의 그림처럼 내 시선을 사로잡았다. 물속에 작은 생명은 자유롭게 헤엄치고 햇빛은 물결 위로 반짝거려 은빛으로 빛났다. 고요하고 잔잔한 냇가는 우아하게 흘러갔다. 이를 보면 "물 흐르듯 사는 삶은 이토록 평안하겠구나." 싶었다.

장마철이 되니 냇가의 우아함은 사라졌다. 비가 내려 냇가의 물은 급격히 불어났고 거센 파도를 일으켰다. 물줄기가 거대한 강으로 변하고 냇가를 감싸 안고 있던 소나무마저 뽑혀 힘없이 휩쓸려 갔다. 팔 길이만한 통나무를 들며 쩔쩔맸던 나는 사람 다섯 배는 족히 넘을 소나무가 아무런 저항감 없이 떠내려가는 걸 보면서 그 무서운 힘에 뒷걸음질 쳤다. 바윗돌이 굴러 내려가는 소리는 또 얼마나 무서운가. 혼자서는 그 위협을 감당하기 힘들 정도로 끝없는 공포를 심어주었다. 물살은 거칠고 세차게 닥쳐 모든 것을 쓸어 갈 것 같았다. 그중 하나가 내가 될까 싶어 몸을 사리고, 손에 있던 휴대전화를 더 강하게 움켜쥐었다.

날씨에 따라 변하는 냇가를 바라보며 물 흐르듯 살라는 의미가 무섭게 꽂혔다. 냇가의 여러 모습대로 삶이 흘러갔다. 잔잔하고 우아하게 빛나는 냇가. 햇볕과 함께 반짝거리며 애쓰지 않아도 유유히 흘러가는 삶. 너무 여유롭고 평화로워서 문제 하나 없는 일상이 감사로 가득해진다.

그러다 흐르는 냇물이 살짝 올라온 바위와 부딪혔다. 흐르는 냇물에 걸림돌이 된 작은 바위들은 평화로웠던 삶을 살짝 흔들어 놓는다. 삶에서 작은 문제를 하나씩 마주할 때마다 당황하고 지쳤다. 부모가 되었을 때, 나는 작은 바위들과 수시로 부딪혔다. 부모가 되기 전에는 결코 알 수 없었던 일들. 신생아를 돌볼 때 어떤 상황을 마주하는지 어느 정도 에너지를 써야 하는지 몰랐다. 아이가 태어나자마자 수유, 소화를 위한 트림, 피부를 위한 로션 선정, 건강을 위한 마사지, 기저귀 갈기, 수면 문제, 작은 손톱 관리, 모유의 양, 대소변 시간, 낮잠 시간을 파악하는 것까지 있는 에너지를 모두 끌어모았다. 그땐 모든 부모가 위대해 보였다.

여기에 아이가 조금이라도 아프면 걱정은 상상을 초월했다. 우리 아이는 태어나자마자 신생아 황달을 경험했다. 신생아에게는 흔하다며 걱정할 일도 아니라 했다. 그러나 만나자마자 아기가 치료를 받는다는 사실은 꽤 충격이었다.

'왜 피부는 노래졌을까?'

'눈에 있는 안대는 답답하지 않을까?'

이런 저런 걱정에 눈물이 고이고, 안대로 덮인 눈은 안쓰럽기만 했다. 조리원에 아이 없이 혼자 입소한 산모가 되니 더 괴로웠다. 아이는 금방 회복되어 다시 만났지만 빨갛게 올라온 피부는 얼마나 힘들었는지 말해주었다. 별것도 아니라는 황달도 이리 신경이 쓰였는데, 아픈 아이들의 부모들은 얼마나 힘들까라는 생각을 하기도 했다.

그런데 아이를 키우며 마주하는 작게 올라온 바위는 한두 개가 아니다. 작은 바위는 끊임없이 다가왔고 나와 아이는 함께 해결해 나가야 했다. 아이가 돌이 지나고 말을 잘 알아듣기 시작했다. 이제 어린이집을 다녀도 되겠다는 생각에 나는 멈춰진 박사 논문에 매진하며 일을 시작하려고 계획을 세웠다. 그러나 뜻대로 되지 않았다.

적응 기간에 괜찮았던 우리 아이가 아침마다 집을 나서기 전에 어린이집 가방을 쓰레기통 옆에 가져다 놓는 것이 아닌가! 어린이집에 가기 싫다는 표현으로는 꽤 적절했다. 낮잠 시간에 울다 잠든다는 이야기에 내내 마음이 아팠는데 표현해 준 아이를 위해 등원을 멈추기로 했다.

아이를 키우면서 하나하나 민감하게 관찰하고 애쓰는 또 다른 삶. 어려움 한번 없이 아이를 키우는 부모가 있긴 할까.

수많은 문제를 해결하며 지나가기 위해 애썼다. 작은 마찰이지만 흘러가는 대로 덤덤하게 지나가면 그걸로 되었다.

큰 바위를 만난 물길도 비슷했다. 큰 바위가 있거나 지형이 달라 길이 구부러져 있을 때 물은 멈추지 않고 새로운 길로 굽이 돌았다. 그때 물살은 작은 바위보다 더 강한 마찰로 하얀 포말이 여기저기 솟구쳤다. 더 힘겹게, 더 큰 에너지로 물은 흘렀다. 일상생활이 어려울 만큼 아프거나, 자녀나 부모가 아플 때 우리는 힘들게 버티거나 그 전보다 더 커진 마음과 힘을 다해 돌본다. 그리고 병원을 찾아다니거나 일상을 돕기 위해 시간과 돈을 쓴다. 마음의 병은 온 가족을 무기력하고 우울하게 만든다. 큰돈이 필요한 문제라도 생기면 어찌할 바를 몰라 헤매게 된다. 큰 바위로 다가오는 문제들은 작은 바위처럼 덤덤하게 지나가는 게 어렵다. 그러나 어려운 순간마다 우리는 멈추거나 놓아버리지 않고 길을 찾으며 지혜를 구한다. 고된 인생이지만 잔잔한 삶의 흐름은 계속된다.

그런데 장마로 인해 큰 바위든 나무든 온통 휩쓰는, 무서운 물살은 다르다. 다 떠내려가도 지켜 볼 수밖에 없다. 거세고 험한 물살에 할 수 있는 건 없다.

갑작스럽게 사랑하는 사람의 죽음을 준비하거나, 가족을

잃는 일은 무서운 물살처럼 긴장되고 두렵다. 이모와 고모는 모두 아들을 잃었다. 이모는 20대의 아들, 고모는 30대의 아들을 갑작스럽게 떠나보내야 했다. 자녀를 잃은 부모의 슬픔과 괴로움은 끝없이 솟아올랐고 옆에서 어떻게 위로해야 할지 몰랐다. 나에게도 사촌 동생들의 갑작스러운 죽음은 받아들이기 힘들었고 사촌을 잘 챙기지 못한 것 같아 미안한 마음으로 가득했다. 그런데 고모와 이모는 버티었고 지나가는 중이다. 가끔 아들 이야기가 나오면 눈물이 고인 눈에 슬픔이 흐른다. 그러나 그 감정이 전부는 아니었다. 가끔은 웃기도 하고 농담도 하는 그 힘은 어디에서 나오는 걸까. 물론 그 전에 알던 밝은 웃음은 아닌 듯하다.

이모는 아들을 보낸 지 1년이 되었다. 아침에 웃으며 나간 아들이 운동 중에 그렇게 될 줄은 상상도 못한 일이었다. 이모는 항상 화통하게 웃으며 재미있는 말들로 가족에게 즐거움을 주는 고마운 사람이다. 언제 그 모습 그대로를 다시 보일지는 모르지만, 이모는 아들이 없는 지금을 계속 받아들이는 중이고 이모부와 서로를 위로하며 멋지게 버텨나가는 중이다.

어제는 고모한테 안부 전화가 왔다. 고모는 어젯밤 꿈속에서 오빠인 아빠와 통화를 했단다. 아빠는 힘 있는 목소리로 '지금 잘 살고 있어!'라며 힘을 주었단다. 부모님처럼 따랐던 아빠의 목소리에 고모는 기분이 좋아졌다.

"그래 고모. 고모는 아주 잘 살고 있어. 고모 대단해!"라며 나 또한 힘을 주었다. 고모는 어떠한 상황이든 긍정적으로 생각하고 이겨내는 강한 생활력을 가지고 있다. 나는 이모와 고모의 삶을 보며 응원함과 동시에 힘든 상황을 잘 이겨내는 지혜를 배우기도 한다.

엄마는 여동생이 두 명 있었다. 내가 어렸을 때 바로 밑에 여동생인 이모 집에 강도가 들어왔다. 그날 이모와 이모부는 끔찍한 일을 겪은 탓에 엄마는 갑작스럽게 여동생을 잃었다. 엄마는 표현이 많지 않은데 시댁 식구들과 함께 사니 더 조심스러웠다. 동생을 잃은 슬픔으로 온몸이 짓눌릴 때마다 그 슬픔을 혼자 감당하며 이불을 덮고 수없이 울었다. 사랑하는 사람을 마음의 준비 없이 잃을 때 슬픔과 미안함의 늪에서 헤어나기가 힘들다.

아무것도 할 수 없어 무기력하게 만드는 질병들도 괴롭기는 마찬가지다. 시어머니는 초로기(初老期) 치매로 젊은 나이에 치매에 걸리셨다. 내가 남편과 사귀고 있을 때 진단을 받으셨는데 워낙 이른 나이여서 병의 진행속도는 생각보다도 너무 빨랐다. 자녀들을 다 키우고 이제는 삶을 즐길 수 있는 나이였는데 어머님의 삶이 너무 안타까웠다. 치매로 길을 헤매고 헛것을 보며 문제가 생기기 시작했을 때 어머님은 혼자서 할 수 있는 일이 없었다. 가족들은 매번 긴장했다. 시아버지와 자녀들은 병원을 모시고 다니며 애를 썼지만, 방법은 없었다. 병원에서 주는 다양한 약 처방도 진행속도를 늦출 뿐 완치를 바랄 수는 없었다. 아픈 어머니를 위해 기도하고 지켜보며 돌보는 것밖에는 할 수 있는게 없었다.

힘들고 지칠 수밖에 없는 수많은 괴로움이 우리의 삶을 에워싼다. 괴로움과 함께 살아가는 수많은 사람들. 각자의 아픔과 슬픔 속에서 삶을 살아내고 있다. 아쉽게도 우리는 아픔과 슬픔을 주는 그 고통을 선택할 수 없다. 그냥 살아내는 방식을 선택할 뿐이다.

소용돌이 속에 갇혀있어 지저분한 흙탕물을 밀어낼 수 없고, 같이 쓸려오는 무거운 나무들을 뭐라 할 수 없었다. 휩쓸려온 나무와 돌들로 무너지는 다리도 그냥 지켜볼 뿐이다. 선택할 수 없는 고통이지만 시간이 흐르니 괴로웠던 고난과 역경은 슬픔으로만 끝나지 않았다. 어느덧 물살이 잔잔해지고 흙이 가라앉으니 냇가는 이전보다 더 맑으며 깨끗해졌다.

때로는 웃으며 행복했고, 때로는 울며 힘들었다. 그리고 그 기억들은 물 흐르듯이 다 지나갔다. 앞으로도 거세고 험한 물길을 마주할 것이다. 그러나 아무리 아플지라도, 고통은 언젠가는 지나간다. 슬픔은 새로운 길을 내어 맑고 아름다운 냇가를 다시 보게 한다.

질경이의
숙명

늦봄에서 여름으로 넘어가는 산책길에는 서로
다르게 생긴 여러 잡초가 뒤섞여 자란다. 누가 더 빨리 자라
나 시합이라도 하는 듯 위로 솟아오르는 잡초들로 무성해진
산책길. 그 길은 어느새 걱정스러운 길이 된다. 풀 사이로 뱀
이 나타날까 싶어 긴 장화를 신고 산책길로 나선다. 지팡이나
긴 나뭇가지를 들고 땅을 툭툭 치며 "뱀! 내가 가고 있으니 넌
알아서 도망가!"라며 신호를 준다. 그래도 매번 걱정하며 다
닐 수 없으니 잡초들이 조금이라도 올라오면 자라지 말라고
열심히 밟아준다.

잡초들이 한데 뒤엉켜 있는 산길 곳곳에는 질경이가 곧게

서 있다. 둥그스름한 잎들이 푸르스름한 꽃처럼 한데 모였고, 그 가운데 올라온 대롱은 마치 수술처럼 가늘고 길다. 생김새가 그러하니 무성한 잡초 가운데 눈에 띄기 마련이다. 나는 이런저런 쓰임이 많은 귀한 질경이는 웬만하면 밟지 않으려고 길을 살피며 조심조심 걷는다.

어느새 추운 겨울이 되고, 눈으로 하얗게 덮인 아름다운 세상이 펼쳐졌다. 주변이 하얗게 변해 마치 동화 속 세상에 와 있는 듯한 착각에 설레었다. 그러나 그 아름다운 겨울 왕국의 산책길을 오가기 위해서는 쌓인 눈을 치워야 한다. 아름다움으로 인한 행복은 잠시, 치워야 하는 눈은 고통이다. 높게 쌓인 눈에 삽질의 노력이 깃들면 손님들은 산책로를 편하게 다니며 겨울 왕국을 보는 행복과 기쁨을 얻게 된다. 어느 날은 20cm 가량 쌓인 눈을 퍼내는데 어마어마한 눈의 무게로 어깨가 아프고 허리가 끊어질 것 같았다. 눈으로 길가에 수많은 소나무가 쓰러지는 걸 보며 그 무게의 정도를 가늠해 본다. 올겨울 수시로 오는 눈을 보며 남편은 "아! 또 눈이야!"라며 눈 치우는 게 얼마나 고된지를 표현하기도 했다. 나에게는 아직 눈으로 인한 행복이 더 컸기에 남편에게 물었다.

"여보! 그래도 겨울 왕국이 되는 건 너무 아름답지 않아?"

"이제는 힘든 게 더 커. 눈이 그만 오면 좋겠어."라며 눈 치울 채비를 한다.

눈이 많이 내린 2월 어느 날. 산책길이 눈에 덮이자 새하얗게 반짝거렸다. 삽으로 눈을 열심히 퍼서 한 사람 겨우 지나갈 공간을 마련했다. 이미 그전에 내린 눈들로 땅은 얼어있고 그 위에 눈들이 또 쌓였다. 무거운 눈을 한 삽씩 뜨며 산책길을 가니 자연히 걸음이 더뎠다. 몸이 무거워지고 허리가 아팠다. 느릿느릿한 시간 속에서 주변을 보기 시작했다. 눈을 퍼내는데 뾰족한 무엇인가가 나왔다.

"이게 뭐람?"

들여다보니 고개를 들고 빳빳하게 일어나 있는 질경이였다. 이게 무슨 일인지. 이 무거운 눈과 꽝꽝 언 얼음 속에서 멀쩡하게 자리 잡은 모습이 갑옷을 두른 동장군처럼 보였다.

질경이는 '밟을테면 밟아봐라.'라며 모두가 다니는 곳에 서 있지만 나는 최대한 피해 걸었다. 그러다 문득 질경이가 신비하게 느껴졌다. 함석지붕을 단숨에 날려버릴 듯한 강한 비바람도, 온갖 풀들을 태워버릴 듯한 뜨거운 뙤약볕도, 소나무 가지를 수없이 꺾어 버린 폭설도, 바닥에 붙어있는 이 손바닥만한 질경이를 어찌하지 못하다니. 눈을 한 삽씩 퍼낼 때마다 질경이가 솟아올랐다. 이를 보니 그래서 질기다는 이름을 붙여주었나 싶다.

아무리 밟혀도 꿈적 하지 않는 질경이를 보며 문득 며칠 전에 본 TV 프로그램 유퀴즈가 떠올랐다. 개그맨 김경식이 나와 절친 개그맨 이동우와의 사연을 이야기했다. 어느 날 김경식에게 무서운 일이 생겼다. 이사하고 주방에 전선을 정리하려고 가위로 전선을 잘랐다. 그런데 파지직거리면서 시커멓게 그을음이 났다. 사고를 경험하고 김경식은 단짝에게 말했다. "동우야. 아침에 차단기 안 내리고 전기선 자르다 스파크 터지고 팡 소리와 함께 가위 이가 빠지고 망가질 정도로 위험했다. 나 죽다 살았다. 이런 일이 벌어지다니. 지금도 심장이 벌렁벌렁하다."

김경식의 문자에 친구가 답장을 보냈다. "다시 태어난 걸 축하한다. 너 오늘부터 세상이 달라 보일 거다. 죽을 뻔했는데 살았으니 얼마나 감사한 거야." 친구의 말에 김경식의 찝찝한 마음은 사라지고 순간 제 발로 걷는 걸음조차 신기하게 느껴지고 감사하게 되었다. 그리고 그런 시선을 가진 친구와 함께 하는 걸 다행스러워 했다.

이동우는 2004년 망막색소변성증 판정을 받고, 2010년에

실명 판정을 받은 개그맨이다. 김경식에게 보낸 답장에서 그가 지금까지 어떻게 살아왔고, 지금은 어떻게 세상을 바라보는지 알 수 있었다. 인생의 굴곡을 넘기면서 그는 얼마나 괴로웠을까. 그러나 자신의 상황을 받아들이고 포용하고 사랑하며 이제는 희망의 아이콘으로 등극했다. 그의 시선이 얼마나 멋스러운가. 일상이 무너지는 괴로운 삶이지만 버티고 또 버티었더니 세상을 바라보는 시선이 달라졌고 이제는 존경을 받고 희망을 주는 사람으로 거듭났다.

질경이도 마찬가지 아니었을까? 강해서 버틴 게 아니라 밟고 밟히는 고통을 받아들이고 버티면서 강해진 게 아닐까? 나는 질경이를 한동안 물끄러미 바라봤다. 몰아치는 눈보라에도 쉽게 꺾이지 않는 모습. 고통의 마디마다 어떻게든 새롭게 피워내는 모습을 마음에 담은 채 어둑해지는 산책길을 조용히 걸었다.

막연히 강하고 질기다고 생각했던 질경이를 알아가다 너무 놀란 적이 있다. 질경이는 밟히면 밟힐수록 잘 자란단다. 밟히지 않으면 생존할 수 없는 숙명을 가졌단다. 이게 무슨 말인지. 잡초는 밟고 다녀도 귀한 질경이는 피해 다녔다. 그런데 밟혀야 씨가 떨어져 번식하는 것이 이 아이의 숙명이었다.

그래서 아무리 밟혀도 시들지 않았나 보다. 밟혀서 아프다고 우는 질경이도 없었나 보다. 우리의 인생살이도 그렇겠지. 살아갈수록 굴곡 하나 없는 사람이 없고 우리는 그 고통에서 생존해야 하는 숙명을 안고 있다. 때로 인생의 굴곡은 세상을 아름답게 바라보게 하고, 귀하게 만들어가게 한다. 밟혀서 일그러지고 상처도 나지만 그 거침 속에서 번식하는 질경이를 보며 삶의 굴곡도 감사하게 됐다. 세상은 고통으로 가득하지만, 고통이 삶에 밑거름이 되면 아름다운 일들도 넘쳐나는구나. 고통 가운데 삶이 흔들리지 않도록 단단히 뿌리내리는 면모를 배운다.

열정의 열목어와
좌절한 아이들

산책길을 걷다가 칡소폭포에 다다르면 보고 싶던 녀석들을 찾는다. 그리고 보자마자 소리친다. 우와! 우와! 30초에 한 번씩 탄성이 쏟아진다. 물살이 거센 폭포에서 팔뚝만 한 열목어가 힘껏 뛰어오른다. 힘차게 꼬리를 흔들며 지느러미를 날개처럼 쭉 펼쳐 몸부림을 친다. 사람도 버티기 힘든 거센 폭포에서 날아오르는 녀석들을 보면 뭐든 할 기세다. 목숨을 바쳐 힘을 쓰고 있으니 뭐든 못하겠는가. 열목어의 그 열정에 환호하게 된다.

두더지게임처럼 어느 쪽에서 솟아오를지 모르니 눈을 크게 뜨고 살핀다. 열목어는 한 마리씩 날아오르며 떨어지고 또 떨어지고를 무한 반복한다. 어떤 때에는 서너 마리가 비슷한 시점에 뛰어오른다. 한 녀석은 계단 오르듯 물을 차며 점프하다가 떨어지고, 다른 녀석은 힘차게 바위를 거슬러 올라가려고 용을 쓰다 물살을 이기지 못하고 미끄러져 내려온다. 어떤 녀석은 물에서 솟아오르자마자 폭포에 맞아 물거품 속으로 사라진다. 물속에서 나오자마자 물살에 튕겨 나가 돌에 부딪힌 녀석은 힘없이 물속으로 빠진다.

차가운 1급수에만 사는 냉수성 어종인 열목어는 4월부터 상류로 거슬러 올라가 알을 낳는다. 그래서 여름에 수온이 높아지면 큰 열목어들은 더 자주 보인다. 작은 열목어든 힘이 세 보이는 큰 열목어든 거슬러 올라가기 위해 애를 쓴다. 안타깝게도 폭포 위로 성공해서 올라간 녀석들은 여태껏 한 번도 본 적이 없다. 남편은 장마 때 많은 비로 낙차가 거의 없을 때 한 마리의 성공을 목격했단다. 그 녀석은 폭포를 뛰어올라 물살이 약한 가장자리에서 바위를 타고 수직으로 꼬물거리며 올라가 물웅덩이가 있는 평온한 곳으로 들어간 것이다.

어느 날부터 눈앞에서 성공을 놓친 열목어들의 열정이 가여워졌다. 무더운 여름 햇살이 뜨거운 오후에는 열목어들이 수시로 폭포를 펄떡펄떡 뛰어 올라온다. 끊임없이 노력하는 열목어의 모습을 보고 있으면 나도 모르게 열목어의 투혼을 응원하는 열혈 관객이 된다. 올라갈 수 있길 간절한 마음으로 바라며 한 시간을 꼬박 지켜봤다. 아쉽게도 역시나 성공을 목격하지 못했다. 어떤 녀석은 옆에 작은 웅덩이에 떨어져 나오지도 못하고 허우적거렸다.

열목어를 보고 돌아오는 길에 맥락 없이 에디슨의 명언이 떠올랐다.

"천재는 99%의 노력과 1%의 영감으로 만들어진다."

나에게 1%의 영감은 머리 위로 떨어지는 별똥별처럼 뭔가 특별함을 연상케 한다. 그 1%도 좋은 환경에서 자라난 아이들에게 주어지는 게 현실 아닌가. 노력하면 뭐든 이룰 수 있다는 성실함의 덕목은 갈수록 사라지고, 열심히 살아도 열악한 환경을 극복하는 건 쉬운 일이 아닐 거다.

열목어는 점프에 성공하기 위해 99%의 노력을 했다. 할 수 있는 한 온 힘을 쏟아부은 거다. 열목어에게 부족한 건 1%의 환경 아닐까? 열목어가 점프하기에는 폭포의 높이가 너무 높았다. 남편이 봤다는 전설 같은 성공 신화는 비가 많이 와서 수위가 높아졌기에 가능했다. 목표를 이루는 데 환경의 힘이 얼마나 큰가? 생각하다보니 마음이 불편해지기 시작했다.

주어진 환경에 따라 달라지는 우리의 삶. 사회복지를 전공한 나는 자신의 열악한 환경으로 희망을 품기 힘든 아이들을 가까이에서 자주 보았다. 연구교수로 근무할 때 아동보호치료시설에서 생활하다 퇴소한 청소년들의 삶을 연구[*]한 적이 있다. 범죄 행위로 소년보호처분을 받아 6개월 동안 보호치료시설에서 생활하고 퇴소 한 20대 초반 청년들이었다. 이들의 삶을 보여주는 하나의 주제는 '밝은 미래의 희망을 막는 우울한 어린 시절'이었다. 내가 만난 연구 참여자들은 아동학대가 만연한 가정 속에서 부모와의 소통이 없는 불행한 어린 시절을 보냈다.

돌봄이 필요한 어린 시절, 부모의 보살핌은 없었다. 혼자 밥을 먹거나, 혼자 있는 게 무서워 집 밖을 돌아다니고 보호자에게 맞으면 밖으로 도망 나와 길거리를 배회했다. 괴로운 현실에서 이 아이들은 누구에게 기댈 수 있었을까? 결국 가정이 아닌 밖에서 자신과 같이 돌아다니는 친구들을 만나고 스스로 살아남을 수 있는, 그리고 행복할 수 있는 그들만의 길

* 안은미, 서지은, 노충래, 「소년보호처분 아동보호치료시설(6호처분) 퇴소청소년의 삶의 적응 경험 연구」, 『사회복지 실천과 연구』 19(3), 2022, pp. 101-141.

을 찾아갔다. 관심과 사랑을 표현해줄 보호자가 없었고, 가장 가까워야 할 가족은 너무 멀리 있었다.

아이들은 말했다.

"살아오면서 왕따 당하고, 돈 뺏기고, 많이 맞으니까 저도 누굴 때리고 싶은 거예요. 무시 받고, 공부도 못하고, 너무 힘들고. 진짜 죽고 싶었어요. 시도하려고 막상 옥상에 올라가니 무섭고 두려웠어요. 며칠 후 이웃집 사람이 자살했다는 말을 들었을 때 '만약 내가 저 사람이었으면 얼마나 좋았을까?'라고 생각했어요."

"친구들이랑 노는 게 더 중요하고 가족보다 친구가 더 낫다고 생각했어요."

"밖에서 친구랑 어울리면 돈이 많이 필요하다 보니 범죄에 빠지게 된 거예요."

"제 주변에는 평범하게 학교 다닌 사람보다 저처럼 사는 사람이 많아서 이게 평범한 줄 알고 살았어요."

얼마 전에는 〈그것이 알고 싶다〉에서 보육시설 아이들 이야기가 나왔다. '어떤 부모에게서 태어났는지도 중요하지만 부모가 어느 지역에 버렸느냐도 중요해요'라는 김지선 박사의 인터뷰는 힘없이 인생이 좌지우지되는 아이들의 삶을 보게 한다.

선택할 수 없던 어린 시절의 삶에서 한없이 약해져, 희망을 찾아가는 게 허무맹랑한 꿈처럼 그려지는 이들의 삶. 열목어의 노력을 생각하니 이 아이들을 떠올리지 않을 수 없었다. 물살을 거스르며 온 힘을 다해 펄떡이는 열목어. 만개하지도 않은 인생을 스스로 꺾어버리려는 아이. 그 대비가 마음속에 한동안 머물렀다.

높고 거센 폭포를 거슬러가야 하는 말도 안되는 상황에서 열목어는 계속 뛰었다. 아무리 발악해도 오르지 못하는 열목어가 가여웠다. 왜 하필 이 힘든 폭포로 와서 올라가지도 못하고 있는지. 가끔은 뛰어오르다 거센 물에 튕겨 나가 얕은 물이 고인 웅덩이에 내동댕이 처져 허우적댔다. 계속 시도해도 성공은커녕 갇혀있는 고통까지 경험하는 녀석들이 안쓰럽다. 그런데 곰곰이 생각해보면 꿈 한번 꾸지 못하고 노력하지 않는 게 더 가여운 일이 아닐까. 열목어들이 폭포에서 내뿜는 물살에 지레 겁먹고 아무것도 하지 않았다면 전설 같은 일도 일어나지 않았겠지. 그렇다. 실패해도 지치지 않고 노력하는 열정의 열목어들은 대단한 녀석들이었다. 실패했다고 환경에 주저하지 않았고 올라갈 수 있을 거라는 희망을 붙잡았다. 열

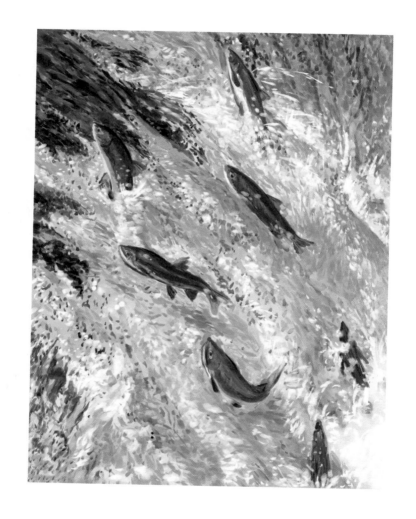

목어의 실패는 실패로 끝나지 않았다. 또 다시 온몸을 펄떡이며 도약하는 새로운 시작으로 이어졌다.

　살다 보면 주저앉거나 모든 걸 놓아버리고 싶은 순간이 있다. 그럴 때 다시 시작하는 용기. 끝을 새로운 시작으로 돌리는 열정만 있다면, 삶은 늘 희망적이리라. 언젠가 한 번은 보고 싶다. 노력한 열목어들이 성공하는 모습을. 그리고 기대해 본다. 열목어처럼 희망을 품고 살 수 있는 세상을.

메리골드야
고마워

도시의 꽃은 정해진 자리에서 언제나 사람들을
기다렸다. 계획되고 조형된 아름다움이랄까. 내가 살던 일산
의 호수공원에서 매년 꽃 박람회가 열렸다. 그곳을 찾을 때마
다 형형색색의 꽃들에 매료되었다. 바람에 홀씨 날리듯 정착
한 들꽃이나 야생화와는 다른 반듯한 아름다움이 느껴졌다.
그 화려함에 정신없이 박람회장 곳곳을 다니며 꽃들에 푹 빠
졌던 기억이 있다.

고속도로를 나와 하늘을 올라가듯 뱃재 고개를 넘어 한 시
간을 들어온다. 강원도 홍천의 오지 '내면'. 산골에서 산 이후
로는 호수공원에서 꽃을 보는 호사는 더는 누릴 수 없게 되었

다. 대신 자연에서 꽃을 만나는 즐거움을 느끼기 시작했다. 바로 집 앞만 나가도 복수초, 산괭이눈, 매발톱꽃, 금낭화 같은 야생화들이 삐죽삐죽 태양을 향해 고개를 들고 있는 모습을 보게 된다. 개나리, 진달래, 철쭉, 찔레꽃은 지천으로 널렸다. 꽃 박람회에서처럼 화려한 조형미가 돋보이는 작품들도 아니고, 튤립, 장미처럼 선명하고 다양한 색을 띤 것도 아니지만, 각자의 꼴대로 자유분방하게 나고 자란 모습이 오히려 특이하고 개성 있어 보인다. 꽃 모양이 매의 발톱을 닮아서 지어진 매발톱꽃이나 고양이 눈처럼 생겼다고 해서 산괭이눈이라고 불리는 꽃들이 그렇다.

도시에서 만나는 꽃들은 전시 공간에서 작품을 감상하듯 훑어보는 게 전부였다. 아름답다고 생각했을 뿐 꽃 본연의 모습을 깊이 들여다볼 생각은 없었다. 작품 전시는 때가 되면 매년 열릴 것이고 그러면 나는 일정에 맞춰 편할 때 찾아보면 됐으니까 말이다.

그러나 깊은 산골로 거처를 옮기고 난 후, 긴 겨울을 견디고 가까스로 언 땅을 비집고 싹을 틔운 봄꽃은 그냥 지나쳐지지 않았다. '어쩜, 이 겨울을 견뎠을까?', '꽁꽁 언 이 땅을 어떻게 비집고 기어이 싹을 틔웠을까?'하는 감탄과 연민이 가슴에서 조용히 몰아쳤기 때문이다.

수시로 영하 20도를 찍는 강원도의 겨울을 견디고 피어나다니. 그 힘든 삶을 지천에서 만나게 되니 어찌나 고귀한지, 절로 숙연해지지 않을 수 없었다.

산골에 살면서 나는 다른 눈으로 꽃을 보게 됐다. 꽃을 장식이나, 작품으로서가 아니라 살아있는 한 생명으로서 바라보는 시각이랄까. 그랬더니 마치 꽃이 말이라도 건넬 것처럼 나를 바라보는 듯했다. 자고 나면 쑥 자라있는 대문 앞 꽃을 볼 때면 '나 이 만큼 자랐어요.'라고 자랑하는 것 같다. 그러면 나는 맞장구를 쳤다. '그러네. 잎이랑 줄기가 경중 자랐네, 오므렸던 몸을 활짝 폈구나!'라며 가까이 얼굴을 대고 싱그러운 아침 대화를 나누고는 했다. 마치 아가들이 커가는 날들에 기뻐하며 서로 대화하듯 말이다.

꽃과 내가 서로를 바라보는 시간은 행복했다. 그러다 문득 알게 되었다. 전시된 꽃에서는 만개한 최고의 아름다움을 볼 뿐 그 이후의 모습을 볼 수 없다는 것. 그렇다. 전시된 꽃에게 죽음은 없다. 하지만 자연은 탄생과 죽음의 모든 과정을 생략 없이 보여준다.

봄이 되면 언 땅이 녹으면서 땅이 부풀어 오른다. 그러면 그 사이로 바람이 지나는 길이 생기고 공기가 드나들면서 생명의 움틈이 시작된다. 싹이 나고 줄기가 하늘을 향해 뻗어 올라갈 때 여린 잎의 색은 햇볕이 그대로 투과할 만큼 밝은 연둣빛이다. 여름과 함께 연두는 점차 짙은 녹색으로 변해가고 줄기는 굵어진다. 어떤 꽃은 태양을 향해 활짝 피기도 하고, 열매를 맺는 꽃은 꽃잎을 밀어내고 그 자리에 작고 탐스러운 열매를 맺기 시작한다. 그러다 각자의 시간차가 있을 뿐 모든 것은 사라지고 죽는다.

'살아있는' 꽃을 만나면서, 낙화를 더 이상 아름다운 풍경만으로 감상할 수는 없게 되었다. 내 삶과 함께하다 피고 진, 살아있었고, 죽어간 모든 것들에 신경이 쓰였다. 그것은 슬픔이었고, 때때로 통증처럼 아픔으로 다가왔다. 이것이 산골로 들어온 내게 찾아온 큰 변화라면 변화일 것이다.

정오의 해로 머리가 지끈거리는 계절이 되었다. 해를 가둔 듯한 동그란 모양의 메리골드는 뜨거운 여름을 닮은 꽃이다. 꽃송이가 애기 주먹처럼 크고 단단하다. 메리골드에는 약재에서 맡아본 듯한 묘한 향이 나는데, 그 향에 해충이나 뱀이 얼씬도 못 한다고 한다. 진한 향만큼이나 약용으로도 효과가 좋아서 언제부터인가 메리골드 꽃차가 사람들에게 인기다.

며칠 전부터 나는 해를 닮은 메리골드를 따다가 꽃차 만들 생각에 들떠있었다. 드디어 꽃차를 만드는 날이다. 꽃을 먼저 톡 따기 시작했다. 뭔가 느낌이 익숙하지 않았다. 생각해보니 지금껏 살아오면서 마음껏 꽃을 꺾어 본 적이 없었다. '뚝', '뚝' 꽃을 딸 때마다 소리가 났다. 소리도 크다. 아프다는 소리 같기도 하지만, 미안한 감정 없이 맛난 차를 생각하며 열심히 땄다.

　꽃들을 말리고 소독하며 약한 불로 달군 팬에 꽃잎을 덖었다. 먼저 향으로 마셨다. 이후 완성된 꽃차를 마실 때는 은은한 허브향과 단맛이 입안에서 맴돌아 그 조화가 꽤 흥미로웠다. 꽃차를 만끽하는 것까지는 좋았는데, 문득 꽃차를 만들겠다고 내가 꺾은 꽃이 얼마큼인가를 생각하다가 깜짝 놀랐다. 차 한 병을 만들기 위해 어림잡아 이백 송이는 꺾었기 때문이다.

　'꽃 한 송이에 감동하고 그 생명력에 감탄하던 나였는데, 어찌 수십 수백 송이의 꽃을 두고서는 별다른 감정도 느끼지 못했지?'

　생텍쥐페리의 『어린왕자』에서 왕자는 자신 곁에 있던 장미 한 송이를 떠올리며 유일무이한 관계, '길들임'에 대해 말한다. 그러면서 오천 송이 장미들에게는 "너희들은 아름답지만 속이 텅 비어 있어."라며 눈길을 돌린다. 그런데 나는 어린 왕자와 다른 시선으로 꽃을 바라본다. 어린왕자가 길들임을 깨닫고 행성 b612에 홀로 핀 장미의 존재를 알아보는 건 숭고하지만 내 시선은 무리의 장미에게 가 있었다. 오천 송이 장미를 보며 너희는 소중하지 않다고 이야기하는 게 장미에게는 얼마나 슬픈 일인가?

내가 꺾은 메리골드가 '어린왕자'의 무수한 장미들처럼 슬퍼하지 않았으면 한다. 메리골드가 소중하지 않아서 꺾은 건 아니니까. 나에게 있어 메리골드는 어떤 의미였을까? 물론 어린왕자의 '길들임'처럼 매일 바람막이가 되어주고 벌레를 잡아주면서 메리골드를 애지중지 대하지는 않았다. 어찌보면 메리골드를 꺾어 내 유익을 취한 셈이다. 하지만 메리골드는 향이 강한 꽃으로 태어나 향으로 승화될 숙명을 가졌다고 할까. 시들어서 자연으로 돌아가는 것도 순리이고, 향으로 입안을 즐겁게 해주는 것도 나름의 순리이다. 그 향을 마시기 위해 나는 메리골드의 몸을 빌려 꽃차를 만들었고 메리골드에게 감사하는 순간 그 역시도 꽃을 존중하는 행위가 아닐까.

며칠 전 딸이 다니는 학교에서 식물원에 방문한 적이 있다. 꽃과 나무에 대해 친절히 설명을 이어가던 선생님의 한 문장이 가슴에 내려앉았다. "꽃을 한 송이 딸 수도 있어. 따고서 그 꽃들에게 고마워라고 말하렴." 선생님은 아이들에게 무조건 꽃을 꺾지 말라고 가르치기보다 오히려 꽃에게 고마워하는 마음을 가르치셨다.

꽃이 주는 행복감은 일상 곳곳에 스며있다. 나물이나 꽃차로 입안에 향기가 가득한가 하면, 축하나 감사를 전하는 한 아름의 꽃다발로 마음이 만개해진다. 그러면서도 꽃 한 송이를 꺾었다는 막연한 죄책감이 늘 마음 한편에 자리했다. 그런데 달리 생각해보면, '꽃을 꺾어 미안해'보다 '행복을 주어서 고마워'라며 소중한 기분을 누리는 것도 꽤 괜찮은 관계가 아닌가. 고마워할 줄 아는 마음, 그 마음을 오래 간직하는 관계의 풍요를 누리고 싶다.

너가 있어 다행이야

아빠가 좋아하는 어르신이 계셨다. 연세는 아빠보다 스무 살 정도 많지만 언제나 예의를 차리셨던 분이시다. 유전학을 전공한 어르신은 암과 유전자에 관련된 최신 연구를 아빠에게 알려주면서 관련 자료들도 보내주셨다. 그분의 배려는 암 환우를 돌보는 아빠의 사역에 보탬이 되었고, 어르신은 시간을 내어 환우들에게 직접 건강 강의를 해주시기도 하였다.

어르신은 오래전부터 아빠의 생일을 챙겨주셨다. 매년 아빠의 생일이 다가오면, 기다렸다는 듯 온 가족을 초대하셨다. 생일 한 달 전부터 식당을 알아보고 예약하셨고, 아빠가 좋아하는 뜨끈한 국물이 들어가는 메뉴도 선정하셨다. 우리가 약속보다 일찍 식당에 도착하면 노부부는 더 이른 시간에 와서 아빠를 맞이해주셨다. 선물을 준비해서 산뜻한 포장까지 손수 하시는가 하면, 앙증맞은 케이크까지 챙겨 오셨다. 그 정성이 고스란히 아빠에게 전달되었다.

몇 년 후 어르신이 돌아가셨다. 아무리 연세가 드셔도 이별은 슬프다. 미국에 있던 자녀들이 들어와 가족끼리 조용히 장례를 치렀고 추모공원에서 예배를 드렸다.

'아빠하고 나하고 만든 꽃밭에 채송화도 봉숭화도 한창입니다~'

동요를 함께 부른 뒤 한국에 들어오지 못한 어르신의 딸이 보내온 편지를 내가 대신 읽었다. 한 줄 한 줄 낭독하는데 가슴이 왜 이리 저미는지 눈물이 두 볼을 타고 줄줄 흘러내렸다. 예배를 마친 후 함께 식사를 하는데 어르신의 며느리가 물었다.

"편지를 읽으면서 돌아가실 아빠 생각에 눈물이 났지요?"

미국에서 온 며느리는 내가 어르신 생각에 울었다는 생각은 안 들었나 보다. 아빠도 항상 아프시니 돌아가신다는 생각을 하면 눈물이 나기도 한다. 하지만 그때는 멀리 떨어져 살았던 딸이 어르신을 추억하는 애틋함이 느껴져 더 절절하게 다가왔다.

내가 아는 아빠는 누군가에게 도움을 받으면 미안해하셨고, 받은 은혜를 어떻게든 갚으려 애를 쓰는 분이셨다. 그런데 어르신에 대한 아빠의 마음은 미안함보다도 기쁨과 감사함이 더 컸다. 아마도 어르신의 베풂이 아빠를 믿어 주고, 존중해주고 있어서 든든하게 느끼신 모양이다. 어르신이 돌아가신 뒤에는 아내분께 식사를 대접하고 함께 예배를 드리며 시간을 보냈다. 몇 년 뒤 아내 분은 미국으로 돌아가셨다. 아빠와 어르신을 보면서, 문득 '길들임'이라는 단어를 떠올렸다. 도움을 주고 또 받는 게 익숙해진다는 건 사람과 사람이 어울려 살아가는 자연스러운 모양새가 아닐까 싶다.

학부모인 한 언니는 수시로 항암을 받으러 도시에 나간다. 부모님께는 걱정을 끼치기 싫어 암이 재발되었다는 사실을 알리지 않았고, 그래서 마음 편하게 아이를 부탁할 사람이 없었다. 항암 받는 날이 되면 새벽부터 아이를 어쩔 수 없이 다른 집에 맡기고 언니는 병원을 다녀와야했다. 그사이 아이는 학교에 갔다가 하교 후 다른 집에서 친구들과 놀며 오후 시간을 보낸다. 항암 치료를 마치고 돌아오는 길, 언니는 엄마를

목 빠지게 기다리고 있을 아이 생각에 화장실 갈 시간도 아끼며 두 시간 가까이 차를 타고 산골로 들어온다. 남의 집에 아이를 맡기니 마음이 불편하고, 종일 아이가 눈에 밟히고, 부랴부랴 돌아오는 일상이 반복되면서 언니는 점점 지쳐갔다.

인적이 드문 깊은 산골에 살다 보니 언니는 다른 학부모들에게 도움 청할 일이 많다. 항암을 받으며 오가는 일도 힘겹지만, 그것보다 아이를 매번 부탁하는 걸 더 미안해하고 힘들어했다. 가족이 아닌 주변 학부모들에게 번갈아 가며 아이를 부탁하는 건 쉬운 일이 아니었다. 그나마 부탁에 쉽게 응하는 학부모들이어서 다행이었고 그래서 더 고마워했다. 부탁할 때마다 미안해서 어쩔 줄을 몰라하는 언니. 가끔씩은 그런 자신을 보며 갑자기 터져 나오는 눈물로 눈이 벌겋다.

"왜 나는 이렇게 힘들어야 하지? 애도 아프고 나도 아프고…."

너무 힘들 때에는 차라리 하늘나라에 가는 게 낫겠다는 생각이 들었단다. 언니는 누구에게 기대지 않으면 편안하게 굴러갈 수 없는 자신의 삶이 애처로워 슬픔에 잠기는 날이 많았다.

나는 우울에 잠긴 언니를 보며 말했다.

"언니! 도움 받아도 괜찮아요. 너무 미안해하지 마세요. 언니 마음 다 알죠."

별것도 없는 위로에 언니는 또 울었다. 만약에 언니가 미안한 마음만 가득했다면, 산골 생활을 진작에 포기하고 도시에 가서 마음 편하게 부탁할 가족들과 지냈을지도 모르겠다. 그런데 지금까지 이 생활을 이어오는 건 그래도 미안한 마음보다 고마운 마음이 더 크기 때문이지 않을까.

아이를 맡기고, 차가 없을 때, 언니는 엄마들 차를 몇 번을 얻어타며 볼일을 본다. 내가 봉평에 나갈 일이 있을 때면 언니는 내게 빵을 사달라고 부탁하고, 나는 '그쯤이야 어렵지 않지.'하며 기쁘게 배달해 주기도 한다.

"언니 찜질방 따뜻한데 찜질하러 오실래요?"라고 전화하면 혈액순환이 안되는 언니는 바로 달려와 뜨끈뜨끈한 찜질방 바닥에 몸을 녹인다. '함께하는 행복'이라는 표현도 이런 연유에서 나온 게 아닐까?

얼마 전에 해가 느엿느엿 저물어 갈 때, 전화가 왔다.

"자동차 타이어가 찢어졌는데. 타이어가 없어서 며칠 동안 자동차 사용이 어렵데. 지금 카센터인데 집에 들어갈 수가 없어. 와 줄 수 있어?"

택시 한 대가 없는 이 산골에서 언니가 아들과 집에 들어가려면 이 어둠을 벗삼아 구불구불한 길을 걷는 방법 밖에는 없다. 나는 10km 넘는 거리를 단숨에 가서 언니와 아들을 태우고 집에 데려다주었다. 그리고 며칠간 집에 갇혀 사는 언니를 위해 동네 엄마들은 번갈아 가며 언니를 데리고 나와 밥도 먹고 수다를 떨기도 했다. 산골에서 차가 없으면 발이 묶이는 답답함을 아는 엄마들은 기꺼이 자신의 시간을 내어 서로 도우며 함께 생활했다.

"너가 있어서 내가 얼마나 다행이라고 생각했는지 몰라. 미안한 이야기지만 나는 어쨌든 환자고 도움을 받을 수 밖에 없고…." 눈물이 고인 눈으로 미안하지만 안심이 된다는 언니의 말에 다행이다 싶어 나 또한 마음이 놓였다.

혼자 힘으로 살 수 없는 사람살이. 누군가의 부족함을 채우고 필요한 도움을 받기도 하며 세상을 살아간다. 다른 사람이 나를 필요로 할 때는 기꺼이 나서지만 도움을 받을 때는 신세 지는 게 미안해 불편할 때도 있다. 하지만 어차피 혼자 살아갈 수 없는 우리가 그럴 필요가 있을까? 서로 헤아리고 도와주며 살다 보면, 너와 나 사이가 깊고 애틋해지고. 그렇게 서로에게 길들어져야 인생을 함께, 아름답게 동행할 수 있지 않을까.

꽃으로 거두는
무소유의 지혜

5월에 핀 샤스타데이지가 정원을 하얗게 물들였다. 선명한 노란색 수술과 꽃잎의 흰색이 깨끗하고 순수해 보인다. 하나의 줄기에서 많은 곁가지가 나와 꽃대가 올라왔다. 그 많은 꽃대를 물고 피어오른 샤스타데이지가 가득해 순백의 꽃물결이 일렁였다. 참 황홀했다. 너무 이뻐서 마을에 오신 분들은 인생샷 명소라며 즐거운 추억을 남겼다. 하루가 멀다하고 샤스타데이지를 마냥 바라보며 정원에서 시간을 보냈다.

어느 날 아빠가 눈앞에 하얀 정원을 보며 물으셨다.

"얘네들은 뭐지?"

이때는 아빠가 돌아가시기 전 마지막 여름, 눈이 거의 안보여서 사람들의 모습만으로는 누구인지 알아보지 못했었다.

"목사님, 혜원이 왔어요."

익숙한 이들이 아빠를 부르는 목소리로 누구인지를 알게 된 그즈음이었다.

"마가렛 비슷한 샤스타데이지요."

나는 대답했다. 아빠는 "여름인데 하얀 눈이 온 것처럼 예쁘네. 좋네"라며 흐릿하게 들어온 정원의 아름다움을 선물처럼 받았다.

시간이 지나고 아쉽게도 선물 같던 샤스타데이지의 꽃잔치가 끝났다. 누구보다 초라해진 꽃들에게 당혹감을 느꼈다. 꽃들도 그런 자신의 삶에 당혹스러운 건 마찬가지겠지. 하얀 꽃잎들이 떨어지고 쳐지고 말라버렸다. 가운데 노란 꽃수술은 말라 누렇고 거무스름해졌다. 말라비틀어진 줄기로 가득한 샤스타데이지 정원. 더는 보고 싶지 않았다. '변덕이 죽 끓듯한다'더니 그렇게 좋다고 감사하다가 지저분해지니까 하루도 참고 보는 게 힘들어졌다. 날을 잡았다. '어디 두고 보자' 하는 심정으로 누렇게 말라 푸석푸석한 긴 줄기들과 사투를 벌였다. 마치 머리채 부여잡고 싸우는 사람처럼 끈질기게 달려들었다. 드디어 정리 끝! 뿌리와 땅에 붙어있는 초록 잎들만 남겨놓았다. 뒷목과 허리, 다리, 무릎이 뻐근하긴 했지만, 말끔해진 정원을 보며 잘했다 싶었다. 그런데 어째 마음 한구석이 휑했다. 막상 원하는 걸 이루었는데, 행복하지 않은 것처럼.

돌이켜보니 난 왜 그 마른 꽃들을 있는 그대로 보지 못했나 싶다. 잘라버려서 잘했다고 생각했다. 보기 싫고 지저분한 게 사라지니 뭔가 답답함이 해소된 듯 했다. 그런데 말끔해진 정원이 마냥 좋아 보이지만은 않았다. '뭐라고 그렇게까지 불편해했지?' 그건 그냥 나만의 집착이었다. 그토록 아름답던 정원이 사라지니 못나 보이는 정원을 바라보는 게 괴로웠던 것이다. 아름답게는 아니어도 깔끔하게는 만들어야 한다는 집착이랄까.

켄 윌버의 『무경계』를 읽으면서 한 구절이 마음에 닿았다. '가장 골치 아픈 문제는 괴로움 자체가 아니라 그 괴로움에 대한 우리의 집착이다'. 그렇다. 꽃들이든 사람이든 문제가 생겨서 괴로워도 집착할 필요는 없는데…. 『무경계』에서는 "완벽한 사람은 자신의 마음을 거울처럼 부린다. 그 어떤 것도 붙잡거나 거부하지 않는다. 그 마음은 응하지만 소유하지 않는다."라는 장자의 말을 빌려 말했다. 나는 자연에서 피어나는 꽃도 보여지는 그대로 바라보지 못했는데 하물며 내 안에 괴로움이 들어오면 그 마음을 소유하지 않을 수 있을까. 하다못해 나를 불편하게 하는 사람들과는 마주치고 싶지도 않은 그런 마음 말이다. 그 마음은 응하지만 소유하고 싶지는 않다. 올해는 샤스타데이지의 마지막을 그냥 바라볼 수 있으려나?

샤스타데이지가 지고 나니 그 아래에는 막 피어나려는 메리골드가 숨어 있었다. 숨어있었다는 표현보다 키 큰 아이들에게 가려 자라지 못한 게 맞다. 땅에서 손가락 한두 마디 정도 자라있는 아이들이 안타까웠다. 어느새 샤스타데이지는 잊어버리고 메리골드가 잘 자랄 수 있도록 잡초들을 제거했다. 인정사정 볼 것 없이 뽑아낸 지난날들과는 달리 적당히 제거했다. '약간의 잡초들은 메리골드를 더 강하게 만들거야'라는 생각으로 말이다. 〈뮬란〉에서 '역경 속에서 피어난 꽃은 가장 귀하고 아름답다'라고 했다. 어여쁜 꽃에게 잡초는 역경 같은 것이겠지. 사람이 키우는 식물들은 보살핌에 익숙해져 돌봐주지 않으면 빠르게 시든다. 비 온 뒤에 땅이 굳는다고 역경을 헤쳐나가며 버티던 꽃들은 더 강하고 오래 피어있을 것이다.

아이를 키우면서 '말이나 행동으로 상처를 주면 어쩌지, 그래서 상처로 건강하게 자라지 못하면 어쩌지'라는 생각을 수시로 한다. 그래서 내가 아이에게 하는 말에 신경쓰고 다른 아이나 어른들의 말도 레이더를 켜고 살핀다. 그리고 아이가 생활하는 모든 환경에도 신경을 쓴다. 학교에서 아이가 안전하게 잘 배우고 있는지, 친구들과는 잘 지내는지 걱정을 한다. 하지만 걱정이 과해 상처를 줄이고 줄이다 보니 험난한 세상에서 살아남지 못할까 또 걱정한다. 그래서 역경속에서 과보호하지 않으려고 노력한다.

우리 아이는 겁이 많고 민감성이 높다. 태어나서 조리원에 있을 때 문 열리는 소리만 나도 울어댔다. 자주 울다 보니 조리원 선생님들이 참 많이 안아주셨다. 한 선생님은 나에게 "어머님~ 하영이는 나중에 공무원 같은 거 말고 예술계 쪽으로 가야 할 것 같아요."라며 아이의 민감한 부분을 돌려서 말하기도 했다. 애기때 하영이는 소파를 잡고 일어난 뒤 바닥에 앉을 때도 그냥 철퍼덕 앉는 게 아니라 소파를 한 손으로 잡고 천천히 무릎을 굽히며 조심스럽게 앉았다. 돌도 안된 아이의 이런 조심성이 놀랍기도 했고, 귀엽기도 했다. 겁이 많다 보니 위험하다고 생각하면 불안해했고 스트레스를 받았다.

여섯 살 때 어린이집에서는 체육시간마다 꽤 높은 뜀틀을 넘는 수업을 했다. 하영이는 뛰어가다가 뜀틀 앞에만 가면 멈춰 섰고 제자리 뛰기로 걸터앉거나 돌아서 갔다. 하영이는 체육 시간이 있을 때마다 어린이집을 가기 싫어했다. "하영아! 뜀틀 못 넘어도 괜찮아. 그냥 뜀틀 위에 앉기만 해도 돼."라고 말했지만 하영이는 잘하고 싶은 마음 때문에 그건 싫어했다. 매번 가기 싫다는 말을 들을 때마다 그냥 선생님께 말씀 드리고 쉬게 할까 하는 생각을 했다. 어린이집을 가기 싫어하는 것도 걸리고 계속 실패하는 자신의 모습에 자존감이 낮아질까 봐 걱정되었다. 그때마다 뜀틀 비슷한 걸 놓고 연습했다. 잘하지 못해도 괜찮고 시도하는 게 중요한 거라며 뜀틀에 익숙해지기만을 바랐다. 하영이는 최선을 다했지만 결국 일곱 살이 될 때까지 뜀틀을 넘지는 못했다. 그런데 다행히 체육을 싫어하지 않는다.

지금도 하영이는 체육활동에 최선을 다한다. 그러나 반 친구는 피구를 할 때 하영이가 공을 잘 못 던진다며 "야! 하영이한테 공 주지마"라고 말한다. 하영이는 자기 전에 속상하다고 이야기하지만 "내가 못 던지니까 아이들이 공을 다 잡아"라며 웃는다. 그러면서 여전히 피구를 좋아한다.

하영이는 친구들과의 관계, 누군가의 상처 주는 말, 자신의 실수 같은 일들에 다른 친구들보다 민감하게 반응하며 속상하다고 자주 운다. 학교에서 친구들은 "하영아! 또 울어?"라며 익숙한 듯 대한다. 그러나 하영이는 상황에 따라 '울 정도는 아니야'라고 생각될 때는 울지 않기 위해 노력한다. 역경을 회피하기보다 슬퍼도, 스트레스를 받아도 오롯이 그 과정을 견디어낸다. 뜀틀이 싫어도 어린이집은 갔던 것처럼. 나 또한 내가 해결해 주려는 마음이 들 때도 있지만 직접 할 수 있게 격려하고 들어주려고 노력한다. 누구나 경험하는 스트레스지만, 너무 스스로를 힘들게 하지 않길 바란다. 그러면 하영이의 역경은 또 한번 지나간다.

드라마 〈눈이 부시게〉에서 장애를 가진 아들이 역경을 헤쳐나가기를 바라는 마음에 더 모질게 대하는 것도 같은 고민에서 나오는 행동일 테지. 마음 같아서는 우리 아이가 경험하는 일들이 힘들어 보이면 당장이라도 내가 가진 힘으로 해결하고 싶다. 인정사정 볼 것 없이 잡초를 모조리 제거하고 싶지만, 오히려 성장을 위해 적당한 잡초는 남겨두는 게 나름의 지혜일 것이다.

꽃들과 함께하면서 내가 취한 행동들은 나를 돌아보게 한다. 그리고 앞으로 어떻게 살아가는게 좋을지 생각하게 한다.

괴로움을 소유하지 않고 그냥 바라볼 수 있는 마음, 잡초 같
은 역경을 견디는 지혜를 얻는 시간. 꽃으로 거두는 삶의 순
간들이 날로 풍성해지니 꽃들과 함께 하는 날들을 더 사랑하
게 되나보다.

어둠이 짙을수록 별은 빛난다

산 너머로 해가 넘어가자 어둠이 몰려온다. 가로등이 없는 산골에, 마을 사람들마저 멀리 떨어져 사니 집에서 새어 나오는 빛도 거의 없다. 칠흑 같은 어둠에서 꼬불꼬불 시골길을 달리다 보면 도로에서 놀던 고라니나 노루라도 마주칠까 봐 더 천천히 간다. 애네들은 빛을 느끼거나 차소리가 들리면 미리 움직여 비켜주면 좋으련만. 이리 갈까 저리 갈까 우물쭈물하다 코앞에서 위험천만한 상황을 맞닥뜨린다.

이 캄캄한 어둠을 밝게 비추어주는 게 있다. 달과 별이다. 어느 날 달이 슈퍼문이라하여 유독 열심히 봤다. 달빛이 이렇게까지 세상을 밝혀줄 수 있다니. 칠흑같이 어두운 새벽녘에

산과 나무, 냇가, 길가가 훤히 보이니 달빛만으로도 어디를 가든 겁낼 게 없다.

그리고 무엇보다 아름다운 밤하늘의 별들이 보인다. 전라북도 진안 산골에서 어린 시절을 보낸 아빠는 자연을 사랑했고, 자연에서 아름다운 추억을 가지고 살아왔다. 그래서인지 자연을 노래하는 가곡들을 좋아하셨다. 내가 어렸을 때부터 아빠가 자주 불렀던 가곡 중에 하나는 〈별〉이다.

바람이 서늘도 하여 뜰 앞에 나섰더니
서산머리에 하늘은 구름을 벗어나고
산뜻한 초사흘 달이 별 함께 나오더라
달은 넘어가고 별만 반짝인다
저 별은 뉘 별이며 내별 또 어느게요
잠자코 홀로 서서 별을 헤어 보노라

지난날에는 아빠가 좋아했던 가곡을 들으며 별을 생각했지만, 이제는 가사 그대로 눈 앞에 펼쳐지는 별을 보며 하루하루를 살아가고 있다. 어두울수록 더 잘 보이는 별. 별들이 쏟아져 산골의 밤이 설레임으로 가득하다. 마을에 방문한 손님은 마당에 의자를 놓고 앉아 1시간 넘게 밤하늘을 눈에 담는다. 흐르는 냇물 소리를 벗 삼아 좋아하는 음악도 듣고, 신청곡도 받아 다른 이에게 들려준다. 자연의 소리와 음악은 별들에게 더 빠져들게 한다. 늦은 밤 이제는 들어갈 법도 한데 손님들은 끝까지 남아 있다.

"이제 들어가 쉬셔야죠!"라고 이야기하니 손님은 말한다.

"어떻게 이런 별들을 두고 들어갈 수가 있어요? 잠자는 시간이 아까워요. 밤을 새워야 하나?"라며 한바탕 웃는다.

밤하늘의 별들과 여름밤 냇가 주변에 별처럼 날아다니는 작디작은 반딧불이까지. 밤의 공간들이 빛으로 반짝거린다. 여느 때처럼 남편과 하늘을 보던 고요한 밤, "와!"하는 감탄과 함께 서로 마주 보았다. 별똥별이었다.

"방금 봤어?"

"어 제대로 봤어."

자연스레 별들을 보다 아주 가끔 별똥별을 볼 때가 있다. 그럴 때면 또 떨어지지 않을까 싶어 시선은 밤하늘에 닿는다.

고통과 절망 속 칠흑 같은 어둠속에 있을 때 작은 별빛 하나가 보인다. 그리고 별빛을 보기 시작하면 찰나의 순간에 사라지는 별똥별과 작게 깜박이는 반딧불이까지도 볼 수 있다.

어둠의 시기를 보냈던 이지선의 『지선아 사랑해』에 담긴 내용은 너무 잘 알려진 이야기이다. 2000년 7월 대학생이던 이지선은 음주 운전자가 낸 사고로 전신 3도 화상을 입고 서른번이 넘는 수술과 재활치료 끝에 삶을 되찾았다. 사고 후 직면했던 좌절과 고통, 두려움이 『지선아 사랑해』에 고스란히 담겨 있다. 모든 것을 잃어버려 속상하고 괴로웠던 시절을 지나고 보니 이제는 얻는 게 많단다. 한 인터뷰에서 "사고 전으로 돌아갈 수 있다면 그렇게 할 거예요?"라고 물었을 때 그녀는 고개를 저으며 지금이 더 행복하다고 했다.

사고 전보다 지금이 더 행복하다는 그녀의 말은 이성적으로 이해가 안 되지만 진심은 마음에 닿았다. 다행스럽게도 그녀는 불행했던 사고와 점차 헤어지고 있었다. 화상으로 손가락의 죽은 세포를 살릴 수 없어, 엄지를 제외한 여덟 손가락의 한 마디씩을 정리하는 수술을 받았다. 수술 이야기만 들어도 사고 후 저자의 삶이 얼마나 힘들었을지 감히 상상도 하지 못하겠다. 그런데 그녀는 과거를 돌아보지 않고 오늘을 살고 내일을 기대한다. 『꽤 괜찮은 해피엔딩』책에서 저자는 '두 번째 인생'을 살아가면서 사고와 헤어지기까지 힘들었던 과정과 동굴같은 삶에서 매일 하루씩 걸어 나오며 꽤 괜찮은 해피엔딩을 향해 나아가는 모습을 보여준다.

거의 모든 것을 다 잃어 눈앞이 깜깜할 때 이지선은 별빛을 보았다. 눈썹이 없어 무엇이든 여과 없이 눈으로 들어가는 걸 경험하면서 작은 눈썹의 소중함을 알았고, 1인 10역을 해내는 엄지손가락으로 생활하면서 중요한 엄지손가락이 남아 있어 감사했다. 짧아진 손가락을 보면서 손목까지 잘라진 건 아니라 감사했다. 교통사고로 주어진 자신의 몸을 살피며 하나하나 감사했고, 걸을 수 있고 쓸 수 있는 생활의 모든 순간을 소중하게 느꼈다. 병원에서 물을 못 마실 때에는 아빠가 간호사 몰래 눈치 보며 가져다준 물 몇 방울을 마실 수 있어 감사했고, 자신의 말을 들어준 아빠에게 감사했다. 별똥별과 반딧불이 같은 찰나의 빛마저 놓치지 않고 감사했다. 그리고 마음에 들려왔던 소리 '이제 네가 넘어진 사람들에게 손을 내밀어주면 어떻겠니?' 그 소리를 따라 다른 이들에게도 힘을 주며 살아간다.

이대에서 강의 할 때 일이다. 11살 때 가스 폭발 화재로 전신 95퍼센트에 3도 화상을 입었던 한 학생이 있었다. 이지선 교수가 한동대에 재직할 당시 특강 강사로 그 학생을 초대했다. 학생은 특강으로 수업을 하루 빠져야한다며 나에게 양해를 구했다. 특강을 다녀온 후 그 친구의 소중한 이야기를 우리 수업시간에도 들려주기를 부탁했다. 다른 학생들에게 좋은 시간이 될 거라는 생각에 조심스럽게 부탁했는데 오히려 그 학생은 그런 기회를 준 것에 감사했다. 이지선 교수는 화상 경험자들이 지닌 상처가 꽃이 되어 자신을 사랑하는 마음으로 피어나길 바랐다. 그 학생도 대학원에서 사회복지학을 전공하며 삶의 멋진 가치를 갖고 괜찮은 해피엔딩을 향해 나아가고 있다.

어둠 속에 있을 때 빛을 보기 시작하고 자신 뿐만 아니라 다른 사람들에게도 힘을 주고자 하는 삶은 또 다른 이들에게도 희망을 갖게 한다. 별똥별, 반딧불이도 놓치지 않고 시선이 닿는 곳곳의 이야기들에 기대와 희망이 솟구친다. 윤동주는 〈서시〉에서 말했다.

'오늘 밤에도 별이 바람에 스치운다'

바람이 상징한 불안과 고통이 오늘 밤에도 계속될 것을 시인은 알았다. 그러나 별을 노래하는 마음으로 모든 죽어가는 것을 사랑해야지라며 희망을 품었다. 고통과 역경이 이제는 끝이라고 단정할 수 있는 사람은 아무도 없다. 그러나 어둠 속에 별빛을 찾으며 또 다시 희망을 품는다.

힘든 시기를 보내고 있다면, 지금 내 상황이 끝없이 긴 터널 속을 지나고 있다면, 그때야말로 빛나고 있는 무수한 별들을 볼 수 있는 때이다. 별들의 바탕은 어둠이다.

딸아이는 도시에서는 보지 못한 북두칠성을 매일 밤 마주하며 꼭 숫자를 센다. "하나, 둘, 셋, 넷, 다섯, 여섯, 일곱" 그리고는 국자 모양으로 수 놓인 별들의 이야기를 집중해서 듣는다. 작은 손으로 계절마다 위치가 달라지는 북두칠성을 가리키며 행복해한다. 북두칠성의 반짝이는 별을 보며, 무수한 별들 아래에서 꿈을 꾸듯 노래도 부르고 춤도 춘다.

빈센트 반 고흐는 죽기 전에 별들을 많이 그렸다. 그 많은 별 중에 〈론강의 별이 빛나는 밤〉 작품에는 북두칠성과 뭇별이 소용돌이처럼 그려져 있다. 고흐는 동생 태오에게 쓴 편지에서 "별은 심장처럼 파닥거리며 계속 빛나고, 캔버스에서 별빛 터지는 소리가 들린다"고 했다. 여기에 "별이 반짝이는 밤 하늘은 늘 나를 꿈꾸게 한다"라고 덧붙였다.

오늘 밤도 하늘은 어두울 것이다. 모든 이에게는 고난이 있을 것이다. 누군가는 고난이 시작되기도 하고, 누군가는 긴 시간 고난 속에서 머물고 있을 것이다. 그리고 누군가는 그 고통에서 벗어나고자 애를 쓸 것이다. 그러나 니체는 나를 죽이지 못하는 고통은 나를 더 강하게 한다고 하였다. 이지선은 고난이라는 비밀이 행복의 문을 열어주었다고 고백했다. 참 아이러니하다. 고통이 자신의 삶과 조화를 이루어 행복을 만들어가는 것이. 하나님은 감당하지 못할 시련을 겪게 하지 않는다고 했다. 오히려 벗어날 길을 마련해주셔서 그 시련을 견디어 낼 수 있게 하신다.

시련과 고통이 힘들어 벗어나기 위해 애쓰기보다 고통스러운 생각과 감정을 오롯이 느끼며 받아들이고 그곳에 머물러 본다. 그런 순간에 내 삶과 고통이 만들어 낸 조화는 그대로인 고통을 변화하게 만들고 희망의 빛으로 비추어 줄 것이다.

결국, 삶에 주어진 시련과 고통은 우리를 더 나은 삶으로 이끌어 주기에, 고통 전의 삶으로 돌아가지 않더라도 행복할 수 있다. 어둠이 깊을수록 꿈과 희망도 그만큼 늘어날 것이다. 그러니 어둠이 짙을수록 더 빛나는 별을 발견하길. 빛을 발견하기 전에 희망과 꿈이 없다고 좌절하지 않길.

4장

슬기로운
산 속 생활

뒤로 달리는 아이

딸 하영이가 다니는 학교에는 세 명의 반 친구가 있다. 네 명이서 지지고 볶으며 거의 2년을 유일한 동갑내기로 지냈다. 친구들은 모두 깊은 산골로 생태 유학을 와, 언제 도시로 돌아갈지 모른다. 매년 하영이와 나는 친구들과 헤어질 마음의 준비를 하며 동갑 친구와의 추억을 쌓아간다.

하영이에게는 총 스무 명의 친구가 있다. 나이가 다를 뿐 친구처럼 때론 가족처럼 함께 노는 전교생이다. 깊은 산골의 작은 학교에서나 가능한 만남이다. 어느 날 학교에 가보면 아이들은 운동장에서 전교생 술래잡기를 한다. 술래가 된 누나, 형들이 동생을 잡으려 하면 동생들은 죽을 힘을 다해 도망간다. 2학년과 6학년이 함께 앉아 이야기를 나누고 춤을 추기도 한다. 각자 키우는 장수풍뎅이를 관심 있게 살피며 곤충 이야기를 나누기도 하고, 학교 텃밭에 심은 토마토나 가지를 따러 함께 뛰어가기도 한다.

한두 명이 좋아하는 노래를 부르기 시작하면 어느새 바로 떼창이 된다. 한참 〈밤양갱〉이란 노래를 좋아해 전교생이 "달디달고 달디달고 달디단 밤양갱 밤양갱"을 외치며 재미나게 불러댔다. 우리 때랑 다르지 않게 가사를 바꾸어 부르며 개구지게 껄껄대며 웃는다. 〈아름다운 세상〉을 부르며 수화로 율동을 할 때는 이미 그곳은 아름다운 세상이었고 아이들이 아름다운 세상을 만들자고 마음 모아 소리치는 것 같아 혼자 입꼬리가 올라간다.

나이나 성별과 관계없이 함께 노래를 부르거나 댄스로 시간을 보내는 모습을 보며 가끔은 고학년들이 저리 순해도 되나 싶을 정도로 천진난만한 모습에 웃게 된다. 같은 학년이 아니어도 서로 싸우기도 하고 서로의 기쁜 일이나 슬픈 일에 같이 웃고 운다. 동생들이 싸우면 언니, 누나들이 달려들어 말리고, 언니들이 울면 동생들이 와서 무슨 일인지 묻기도 한다. 한 아이가 말한다.

"친구인데 매일 함께 공부하고 놀고 하니까 가족같기도 해요."

푸르른 5월 학교에서 운동회가 열렸다. 학교에 온 교류 학생까지 22명이 참여했고 선생님과 부모가 함께하니 60명의 대식구가 되었다. 이제 태어난 지 얼마 안 된 6개월 동생부터 70대의 할머니, 할아버지까지 모여, 아이들의 경기를 응원하고 직접 참여하면서 시간 가는 줄도 모르게 신이나 있었다.

운동회의 꽃. 계주 시간. 1학년 친구들부터 2학년, 3학년 순으로 바통터치를 하며 이어 달렸다. 이기기 위해 최선을 다해 뛰는 친구가 있는가 하면 마냥 해맑게 노는 듯이 운동장을 도는 친구가 있다. 부모들 앞을 지나가며 주인공처럼 양손을 번쩍 들고 세레머니를 하는 친구가 있는가 하면, 평소에는 보지 못한 크고 강렬한 눈빛으로 운동장을 뛰는 친구도 있었다. 아이들 한 명 한 명의 성격과 행동을 알다 보니 지나가는 아이들을 보는 것만으로도 웃음이 끊이지 않았다. 뛰는 아이들을 향해 목청껏 소리치며 응원했다. 잠깐 휘청 되거나 바통을 놓치면 순식간에 차이가 벌어졌다. 혹시라도 속상할까 봐 바통을 떨어트린 친구에게 부모들은 "괜찮아!"를 외쳤다. 뿌옇게 일어나는 먼지를 먹어가며 엎치락뒤치락하는 순간들이 나름

짜릿했다.

일제히 서서 응원하고 있던 마지막 순간. 우리 팀이 앞서 달렸다. 큰 차이로 이기고 있어 우리 팀 아이들은 펄쩍펄쩍 뛰며 신이 났다. 몇 미터가 남지 않았다. 그때였다. 마지막 주자로 전력 질주하던 지수가 갑자기 뒤를 돌아 뛰기 시작하더니, 상대 팀으로 뛰어오는 효린이에게 손을 내미는 것이다. 지던 팀의 부모들은 소리를 지르기 시작했고 효린이는 지수 손을 잡고 힘껏 뛰어 결승점을 들어왔다. 들어오자마자 효린이는 지수에게 고마워하며 엉엉 울기 시작했다. 내 딸 하영이는 지수 언니가 뒤로 뛰어가서 효린 언니의 손을 잡는 순간부터 어쩔 줄 몰라 했다. 손으로 얼굴을 가리고 발을 동동 구르더니 부둥켜안고 울고 있는 6학년 언니들에게 뛰어가서 안았다. 다른 친구들도 모여들더니 서로 6학년 두 명을 포개어 안아주기 시작했다. 사회를 보던 업체 선생님은 지금까지 이런 계주는 처음 본다며 감동적인 말을 전했다. 울며 부둥켜안는 아이들을 보며 엄마들 반은 이미 훌쩍이고 있었다.

운동회가 끝나고 하영이한테 물었다.

"하영아, 아까 계주할 때 왜 그렇게 발을 구르고 어쩔 줄을 몰라했어?"

"엄마! 너무 영화 같았어. 나도 지수 언니처럼 하고 싶었어. 효린이 언니는 얼마나 행복했을까? 효린이 언니가 울기 시작해서 언니한테 막 뛰어가서 안았어."

엄마들의 감동과 달리 지수가 뒤로 달릴 때 지수 엄마는 걱정했다. '이기기 위해 애써서 달린 아이들의 아쉬운 말들과 언짢은 마음을 어찌 감당할까'라는 마음이 순간적으로 지나갔다고 한다. 다행스럽게도 어느 아이도 뒤로 달려가 지고 있던 아이의 손을 잡고 함께 들어온 영화 같은 스토리에 불만을 가지지 않았다. 승부욕이 없는 아이들도 아닌데, 우리 아이들이 대단해 보였다. 엄마들은 생각만 해도 다시 가슴 뭉클해진다며 아이들에게 배운다고 입을 모았다.

무한경쟁 속에서 피나는 노력으로 1등을 할 때 그 결과는 박수받아 마땅하다. 부족하지만 화려한 역전으로 우승까지 가거나 끝까지 포기하지 않는 사건들은 영화로 제작되기도 한다. 여자핸드볼 선수들의 감동 실화인 〈우리 생애 최고의 순간〉이나 동계스포츠 불모지인 대한민국의 스키점프 국가대표팀 이야기를 다룬 〈국가대표〉가 그렇다. 그런데 오늘은 그 감동을 어린 아이들이 만들어주었다.

뒤에서 있는 힘껏 따라오는 친구에게 되돌아가서 함께 들어가자며 따뜻한 손을 내민 아이. 지고 있던 자신에게 다가와 손잡아 준 친구에게 펑펑 울며 고마운 마음을 한가득 표현한 아이. 그 광경을 함께 기뻐하며 주인공들을 안아줄 수 있는 아이들. 이런 아이들을 눈 앞에서 목격하다니. 각본 하나 없는 이런 감동을 또 느낄 수 있을까?

매번 티격태격하면서도 저녁 시간이 될 때까지 학교 운동 장을 떠나지 않는 아이들. 그 아이들이 돌아갈 때까지 자리를 떠나지 않는 교장 선생님과 여러 선생님. 사고라도 나면 학교 장의 책임이라 학교에서 아이들이 남아 있는 게 부담되실 텐데, "너희들은 행복한 아이들이야. 원래 깜깜해질 때까지 노는 거야"라고 노는 아이들을 응원하며 매번 미소를 지어주신 다. 이어 엄마들은 "그래. 맘껏 놀아!"라고 하다가도 늦은 저녁이 되면 언제까지 놀 거냐며 저녁 먹으러 가자고 재촉한다. 하지만 아이들은 종일 놀아도 부족하다. 엄마들은 "노는 시간 도 총량의 법칙이 있는 거 아니야? 왜 끝이 없는거야"라고 웃으며 이야기 꽃을 피운다. 자연속에서 쌓여가는 시간이 늘어 날수록 서로에게 관심과 사랑도 깊어진다. 학원 하나 없는 깊은 산골에 짜릿한 따스함이 퍼진다. 아이들에게, 엄마들에게. 온 마을에.

다가온
선택의 시간

　　대학에서 학기 말이 되면 학생들은 성적을 보기 위해 필수로 거치는 코스가 있다. 바로 '강의 평가'이다. 강의 평가로 교육의 질을 높이려는 목적이 있지만 사실 평가를 받는 게 마음 편한 일은 아니다. '과제가 많아서 힘들다', '이렇게 힘든 수업인 줄 알았다면 안 들었을 거다', '시험이 어렵다', '시험이 쉬워서 변별력이 없다'등의 따끔한 평가를 들으며 다음에는 어떻게 해야 할지 고민하게 된다.

　　그러나 평가서에는 따뜻한 편지 같은 글도 담긴다. 한번은 감기로 기침을 너무 많이 해서 수업에 불편을 준 적이 있었는데 한 학생이 진심으로 걱정해주며 복용하면 좋을 비타민의 이름까지 강의 평가서에 상세히 적어주었다. 한 수업에는 학생이 직접 자신의 왕따 경험을 말해 준 적이 있었다. 그때 "힘든 이야기인데 나누어 주어서 고마워."라고 학생에게 이야기했는데, 다른 학생이 그 말을 기억한다며 사회복지사의 마음가짐을 느낄 수 있었다는, 감동의 편지처럼 마음을 표현한 학생도 있었다. 강의 내용이나 수업 자료에 감사하며 내 건강이나 말까지 기억해주는 평가는 누구인지도 모르는 학생의 감사와 칭찬에 고래처럼 나를 춤추게 한다.

한번은 강의 평가를 만점 받은 적이 있었다. 평가를 보면서 '이게 어떻게 가능하지?'라는 생각을 했다. 매주 과제를 제출하고 토론도 참여해야 하는 힘든 수업인데 만점이라니. 그 많은 강의 평가 질문에 모든 학생이 만점을 주어야 가능한 점수인데…. 부족한 내게 모든 평가항목에 만점을 준 학생들이 고마울 뿐이었다. 그리고 만점 받은 걸 알게 된 지도교수님도 제자를 위해 진심으로 축하해 주셨다. "나도 한 번도 만점 받은 적이 없는데. 만점은 정말 쉽지 않은 거예요. 교수님 대단하네!"

내가 잘하면 무엇이든 기분 좋을 아빠를 생각하며, 강의 평가에서 만점 받은 이야기를 전했다. 아빠는 역시나 좋아하셨다. 그리고는 말씀하셨다. "너무 잘했네. 학생들을 가르치는 업에서 최고를 찍은 거네. 이제는 강원도로 내려와서 아픈 사람들을 섬기면 좋겠다. 엄마의 음식 솜씨도 배우고 설거지도 하고."

갑자기 훅 들어온 제안이었다. 아빠는 사역을 항상 귀하게 생각하셨고 많은 이들이 동참하길 바라셨다. 아빠의 바람을 알았지만 이렇게 이른 나이에 지금까지 해왔던 공부를 다 내려놓고 산골로 가는 계획은 나에게 없었다. 아빠의 이야기를 들은 순간부터 고민이 시작되었다. 하루에도 몇 번씩 고민에 빠졌다. 그리고 반년이 지나 산골행을 선택했다.

대학이라는 곳에 머물기 위해 열심히 연구했다. 국내 박사로서 영어 논문 실적이 없던 나는 국내 논문보다 네다섯 배의 시간을 들여 영어 논문을 썼고 결국 해외 저널에 출판하기도 했다. '이 모든 노력이 헛된 것은 아닐 거야'라는 생각을 하면서도 노력의 시간을 생각할 때 아쉽기도 했다. 그런데 아쉬움은 잠깐이고 산골행의 선택으로 인한 기대감이 더 컸다. 나도 눈치채지 못했던 '때'가 되었던 것인지 산골의 삶을 결정하는 건 생각보다 쉬웠다.

강원도의 삶이 시작되었다. 주중에는 강원도에서 일을 돕

다가 주말이 되면 일산으로 돌아왔다. 일을 그만두지 않았으면 어땠을까 싶을 정도로 강원도 일은 많았고 아빠의 건강상태는 더 나빠져서 도와드려야 하는 일들이 넘쳐났다.

아빠는 때를 알았던 것일까? 내가 산골에서의 삶을 결정한 후, 아빠는 1년 뒤에 돌아가셨다. 좀 이른 듯했던 산골행 결정은 참으로 다행스러웠다. 1년간 마을을 방문하시는 분마다 아빠와 함께 인사를 나누었고, 아빠와 오랜 시간을 함께 할 수 있었다. 아빠가 돌아가신 후 우리 가족은 강원도로 이사를 왔고 온전한 산골 생활이 시작되었다. 마을을 가꾸고 수리하고 손님을 맞이할 때마다 아빠의 수고와 헌신이 더 크게 느껴진다. 고생만 하고 간 듯 한 아빠의 삶이 때론 안쓰러웠다.

갈림길에서 가지 않은 길을 선택하는 건 기대도 되지만 걱정과 불안도 있다. 아빠가 돌아가시고 강원도로 이사왔다고 하니 학부 때 교수님과 사모님이 먹을 걸 사 들고 마을로 찾아오셨다. 마을에서 생활하는 이런저런 이야기들을 들으시면서 새로운 길에 서 있는 제자를 걱정하시는 게 눈에 보였다. 교수님은 집으로 돌아가신 후 새벽녘에 길고 깊은 장문의 편지를 보내셨다.

"어쩌면 내면 깊숙이 미어지는 고통을 잘 이겨가는 너의 모

습도 고마웠다. 전체적인 상황을 몰라 뭐라 이야기하기가 쉽
지 않지만, 그래도 똑똑한 제자가 생활에 어려움은 겪지 말았
으면 하는 생각들이 가득하다. 혼자서 고민하지 말고 상의하
면 좋겠다. 창문을 열어 환기해야 맑고 신선한 공기를 마실
수 있듯이, 마음 또한 수시로 창문을 열어줘야 한다."

편지 내용에는 내 안에 있는 수많은 고민을 함께 고민하셨
고, 질문하며 답을 찾고자 하셨다. 무엇보다 진심 어린 관심이
큰 힘이 되었다. 산골의 삶은 내 안에 기대와 걱정과 불안이
공존했다. 하지만 사실 생활하다 보면 도시의 삶이든 산골의
삶이든 두 길은 크게 다르지 않다. 자연을 누리며 사계의 변
화를 눈과 마음으로 느끼는 깊은 산골도, 뭐든 쉽게 손에 넣
을 수 있는 편리함과 다양함을 누리는 화려한 도시도 환경은
달라 보이지만 둘 다 소중하다. 소중함을 알지 못했을 뿐.

강원도 산골의 삶을 선택한 후 프로젝트 연구의 마지막 인
수인계를 위해 이대에 갔었다. 모임이 끝난 후 책임연구원이
신 지도교수님께서 문자를 보내셨다. "교수님이 아카데미아
를 떠나 너무 아쉽지만 맑고 밝아 뭐라 할 수가 없네요. 선생
님의 용기와 결단. 부럽고 존경합니다." 제자에게 존경한다는
말씀을 하시는 교수님의 인격은 여전히 멋지고 대단하셨다.

그리고 그 문자는 내 선택에 긍정적인 불씨를 붙였다.

　이제는 깊은 산골의 삶을 선택했고 이 선택을 더욱 값지게 만들기 위해 노력하며 만족해하기로 한다. 고민했고 선택했다. 그리고 지금은 선택에 따라 열심히 살아내고 있다. 이런 삶에 사십 대의 나는 또 한번 성장하겠지.

우리로 사는
넉넉함

　　일산에 살 때, 딸 하영이는 홈스쿨링을 했다. 아이가 집에서 주체적으로 놀며 시간을 보내는 언스쿨링이었지만, 늘 혼자 지내는 건 아니었다. 홈스쿨링을 하고 있는 또래와 부모들을 만나 함께 박물관을 다니거나 책을 읽었다. 날이 좋은 계절에는 함께 소풍을 가고, 생일을 맞은 친구 집에서 생일파티를 하거나 파자마 파티를 하기도 했다. 그런데 집이 드문드문 있는 산골로 들어오니 홈스쿨링을 하면서 친구를 사귀기가 쉽지 않았다. 어느 날 하영이는 진지하게 말했다.

　　"엄마 나 학교 다닐래."

　　딸은 같이 놀 친구가 없어 심심한 모양이었다.

"그래, 학교 다니자."

아이는 인근에 있는 원당초등학교에 들어가기로 했다. 구불구불한 길들을 아이의 걸음으로 두 시간은 걸어야 갈 수 있는 초등학교. 다행히 스쿨버스가 있어 등교 시간이 되면 윗동네에서부터 아이들이 하나 둘 버스를 타고 내려온다. 하영이는 내면에 사는 유치원생부터 고등학생까지 함께 스쿨버스를 타고 등하교한다. 전교생이 스무 명 가량 되는 자그마한 산골학교라서 두 개의 학년이 한 반이 되어 같이 수업하기도 한다. 생태 교육을 위해 유학 온 친구들이 많은 학교에서 하영이의 학교생활이 시작되었다. 하영이 반에는 도시에서 유학 온 동갑내기 친구가 3명이나 되었고, 언니, 오빠, 동생들과 함께 놀다 보니 꽤 많은 친구들을 만났다.

그리고 덩달아 나에게도 친구가 생겼다. 깊은 산골로 들어오면서 새로운 친구와의 만남을 기대하지 않았다. 일산에 살때 가끔 아름다운마을에 와보면 오는 길에 집들도 거의 안보이고 젊은 사람들은 더욱 본 적이 없다. 그런데 어디에 숨어 있었는지 학교에 가니 찾을 수 있었다. 학부모들은 대부분 사오십대였다. 동갑내기 친구도 만나고 한 명은 나랑 태어난 날도 같았다.

한번은 아이들을 위해 사과 따기 체험을 준비했다. 600고지의 추운 강원도 산골에서 사과 따기 체험을 한다고 하면 코웃음을 치겠지만, 사과하면 대구나 충남을 떠올리는 게 옛말이 되었다. 지구온난화로 경북이나 충남 지역은 사과 재배가 점점 어려워진다는데. 일교차가 큰 이곳 사과는 꽤 맛있게 잘 익는다. 새콤달콤한 빨간 사과를 먹기 위해 엄마들은 11월 초에 사과 따는 체험을 하기로 사장님과 약속을 했다.

체험 전날, 날이 갑자기 추워졌고 농장에서는 아이들이 체험할 사과만 남겨두고 모든 사과를 수확했다. 문제는 체험 당일이었다. 부모들은 험상궂은 날씨로 아이들을 걱정하기 시작했다.

"오늘 체험하는 거야?"

"날이 이래서 경사진 곳인데 아이들 위험하지 않나?"

"사과 딸 때 비가 많이 오면 아이들이 많이 춥겠는데!"

"감기 걸리는 거 아니야?"

이런 저런 걱정과 고민으로 서로 전화를 하다가 결국 안전이 중요하다며 모두에게 취소를 알렸다.

그 과정에서 가장 불편한 사람이 있었다. 학부모회장 현아였다. 공식적인 행사는 아니었어도 현아가 모임을 주도했는데 사장님께 죄송스러웠기 때문이다. 사장님은 서리 때문에 빨리 사과를 수확해야 했지만, 아이들을 위해 일부러 사과를 남겨 놓으셨다. 당장 오늘 혼자 사과를 따야 한다고 하니 현아는 더 마음이 쓰였다. 현아한테 전화가 왔다.

"은미야! 사과 따러 가야 할 것 같아."

현아와 나는 사장님께 드릴 음료를 사들고 농장으로 향했다. 그런데 도착한 지 얼마 안 되었을 때 이게 웬일인가? 엄마들과 아이들이 오기 시작했다. 도와야 할 것 같아 농장으로 찾아온 엄마, 지나가다 현아의 차를 보고 '농장에 있나보네'라며 들어온 엄마, 사장님께 죄송하니 사과라도 빨리 사드리자고 찾아온 엄마들까지 원래 체험하기로 한 아이들과 엄마들이 거의 다 모였다. 취소되었던 모임이었지만 날까지 풀리면서 아이들과 엄마들은 자연스럽게 사과따기 체험을 시작했다. 나무에 주렁주렁 매달려있는 사과들을 따서 나무 아래 놓인 노란색 바구니를 채워 나갔다. 나무 위쪽에 달린 사과를 따기 위해 아이들은 리프트를 타기도 했다. 놀이기구를 타듯 아이들은 신났다.

"우와 움직인다."

"위험해~ 줄 잡아."

"저 사과 엄청 커! 저거 따야지"

"나 벌써 이만큼 땄어."

사과를 다 딴 후 우리는 그 사과를 맛보기 시작했다. 한 아이가 다가와서 말했다.

"이모 저 이거 벌써 두 개째예요. 안에 꿀 보이죠? 너무 달아요!"

사과 속살이 뽀얀 노란색인데 가운데 꿀이 가득 담겨 있다. 껍질 채 먹으니 어찌나 새콤달콤한지…. 아이들도 사과 하나를 순식간에 먹어 없앴다. 엄마들은 우리만 먹을 수 없다며 부모님 댁에도 보내드릴 사과를 주문하기 시작했다. 맛있게 먹고 신나는 모습에 사장님도 기분이 좋으신지 사과들을 꽉 채워주신다.

체험이 끝난 후 한 엄마가 신기하다는 듯 고개를 갸우뚱하며 말했다.

"약속 하나 없이 어떻게 이렇게 다 모일 수가 있지? 이게 가능한 건가? 신기하네."

사과 농장을 돕기 위해 예고없이 모여 힘을 합치는 엄마들의 모습이 내게는 영화에서나 볼 법한 훈훈한 장면으로 다가왔다. 옆집 이웃이 누군지도 모르고 사는 게 다반사인 시대가 아닌가. 도시 아파트에서는 콘크리트 경계 속에 너와 나를 구분 짓고 산다. 층간 소음에 날이 서고, 초인종을 잘못 눌렀다며 화를 낸다. '나'의 일상을 침범하는 무언가에 대해 예민해진다. 그런데 이곳 산골은 울타리가 낮다. 마음의 문도 활짝 열려있다. 집 앞에 차가 지나가거나 인기척이 들리면, 시선이 '나'에게서 '너'로 향한다. 누가 아픈가. 어딜 가는 건가. 서로 살피고 들여다보며 '우리'로 살아가는 그 넉넉함을 산골 생활에서 배운다.

행복한 농부 엄마
희연이

　　가을이 깊어져 농부의 손길이 바빠졌다. 빠른 추위 덕에 깊은 산골의 농작물은 더 일찍 수확한다. 한 농부 엄마는 고추 농사로 새벽부터 밤까지 정신없이 움직인다. 어느 날 저녁 늦게까지 혼자 일하다 차에 짐을 잔뜩 실어 나르는 희연이를 보았다.

　　'넓은 밭에서 하루 종일 홀로 일하는 밭농사가 얼마나 외롭고 힘들까?'

　　희연이를 보니 애틋한 마음이 들었다.

　　희연이는 9년차 농부로 내면 산꼭대기에서 태어났다. 몸이 아프셨던 희연이의 아버지는 산약초 선두주자로 요양을 하며 내면을 지키셨다. 어머니는 희연이와 희연이 오빠를 데리고 초등학교 4학년 때 서울로 이사를 갔다. 어머니는 혼자 두 아이를 키우는 게 힘드셨고, 학교에 육성회비를 낼 돈이 없을 만큼 어려웠다. 다행스럽게도 돈이 없는 희연이에게 고마운 단체가 찾아왔다.

"우리가 중학교 졸업장을 받을 수 있게 육성회비를 다 내줄게요."

그 도움으로 희연이는 중학교를 졸업했고 돈을 벌기 위해 산업체 고등학교를 다녔다. '대학을 갈까, 장사를 할까' 뭘 할까 고민하며 앞으로 필요할 돈을 열심히 모았다.

드디어 모은 돈으로 대학을 가려 했던 2000년. 아버지는 돌아가셨고 어머니는 아파트에 들어가기 위해 희연이가 모아 놓은 돈을 모두 쓰셨다. 이 일로 희연이는 대학도 장사도 모두 접고 다시 일자리를 찾았다. 골프장에서 일하면서 다시 돈을 모았고 그 돈으로 대학을 갔다. 물론 희연이가 하고 싶었던 공부를 못한 미련 때문에 대학을 간 건 아니었다. '대학이라는 곳을 꼭 가고 싶다', '대학은 나와야 시집을 잘 가지'라는 생각에 선택했던 길이다.

대학을 다녀도 희연이의 삶은 달라지지 않았다. 어머니는 매달 끊임없이 전기세와 관리비를 밀려서 냈고 희연이는 엄마를 만날 때마다 자신이 벌어온 돈을 주었다. 엄마가 보고 싶어서 찾아가지만, 엄마와 정을 나누기보다 필요한 돈을 메꾸기에 급급했다.

지칠대로 지친 희연이는 새로운 길을 가기로 결정했다.

"언니! 엄마 때문에 내가 진절머리가 나서 피하려고 뭘 했는지 알아? 결혼… 그런데 누가 그러더라. 가족에게 퍼주는 게 낫지. 남한테 퍼주는 건 더 고역이라고…."

희연이의 목소리에서 벌써 그 선택이 얼마나 힘들었는지 말해주고 있었다.

게임을 좋아했던 희연이의 남편은 아침 10시까지 밤새 게임을 했다. 밥을 먹고 자고 저녁이 되면 일어나 다시 게임을 이어갔다. 가장으로 돈을 벌기보다 말만 걸어도 화를 내니 남편과의 하루하루가 얼마나 괴로웠겠는가. 2008년 둘째가 태어난 지 6개월 만에 서로 헤어지기로 했다. 이후 수입이 없던 희연이는 아이 둘을 키우며 빚이 쌓여갔다. 삶에 지쳐 우울이 계속되니 열심히 살아가려는 의욕도 전부 잃었다. 죽고 싶은 생각으로 하루하루를 버티며 살아왔는데….

어느 날 희연이가 엄마와 통화를 하는데 서로 말이 너무 잘

통했다. 마음이 따뜻해지고 엄마가 보고 싶어졌다. 그 당시 희연이는 일에 매달려 아침에는 김밥을 사서 아이들을 먹여 보내고 오후에는 문화센터를 돌리다가 저녁에 아이들을 만나 잠만 자는 반복된 일상을 살고 있었다.

'내 1순위는 아이들인데 함께 있지도 못하고…' 돈을 버느라 정신없던 자신의 삶을 탓하게 되고 그리운 엄마를 먼저 빨리 만나야겠다고 생각했다.

멀리 시집갔던 희연이는 진작에 내면으로 다시 돌아온 엄마를 만나기 위해 이사를 결심했다. 2017년에 내면에 들어와 시골살이를 하다보니 꽤 바쁜 일상을 보내게 되었고 본래 했던 영업일은 자연스레 못하게 되었다. 그 때 희연이는 산골에서 농부가 될 결심을 했다. 농사짓는 삶을 생각해 본 적 없는 희연이에게 쉬운 길은 아니었다. 청년창업농 신청을 하고 지원도 받았지만 텃밭을 빌려 시작한 혼자만의 농사는 생활비도 나오지 않는 힘든 농사였다.

"농사는 장비빨인데 나는 장비가 없잖아. 그냥 몸으로 때웠어. 내 농사가 왜 힘든 줄 알아? 퇴근 시간이 없다! 시간만 나면 밭에 나가서 하루 종일 있는 거야."

그렇게 희연이는 정신없이 새벽부터 밤까지 일만 했다.

어느 순간 희연이는 망치로 머리를 땅하고 내리치는 듯한 충격을 받았다.

'아이들과 함께하려고 산골에 들어왔는데 나 지금 뭐하는 거지?'

농부로서의 삶을 결정했을 때 희연이는 농사 짓는 게 이렇게 바쁘고 힘들 줄은 몰랐다. 아이들과 여유롭게 시간을 보내기는커녕 밭에서 죽어라 일하는 동안 아이들은 집에서 방치되기 일쑤였다. 정신을 차린 후, 희연이는 일하는 시간을 조율하며 아이들과 함께 하는 시간을 늘려갔다.

희연이는 그 힘들다는 고추 농사를 8년간 지었다. 나름 이상적인 농사를 짓고 싶어 자연농법을 공부했지만 화학 비료 없이는 쉽지 않았다. 또 수확은 왜 이렇게 더딘지…

"다른 사람들은 일주일마다 한 번씩 수확하거든. 난 한 달에 한 번 수확했어. 세 번 수확하면 겨울이야."

많지도 않은 고추를 세 번 수확하면 1년 농사가 끝이니 생활비가 어떻게 나올 수 있으랴. 그러나 희연이는 생활비도 나오지 않는 농사에 6년을 죽어라 매달렸다. '나는 지금 연습 중이야. 언젠가 생활비는 벌겠지'라며 포기하지 않았다.

작년 10월이었다. 희연이는 바쁘게 움직였다.

"서리가 내리면 고추 농사는 끝이야. 빨리 수확 해야 돼."

우리는 다음 날 부랴부랴 농부 엄마, 희연이네 고추밭으로 출동했다. 일렬로 심어져 있는 고추들을 따기 시작했다. 고랑에 엉덩이 의자를 놓고 앉거나 허리를 깊이 숙인다. 빨갛게 익은 고추들의 꼭지 끝부분을 살짝 들어 당겨 똑하고 떨어지는 고추따기를 반복했다. 고추들을 다 수확했고 희연이는 이제 고춧가루로 만들면 된다며 활짝 웃었다.

두 시간 했나? 나름 농사일을 했다고 참이 왔다. 최고령 왕언니는 자신의 노동력이 비루하다며 옆집 엄마 은영이와 새참을 만들어 배달했다. 메뉴는 부산에서 온 언니답게 쫄깃한 부산어묵. 멸치육수를 얼마나 시원하게 냈는지. 짭조름한 간장에 찍어 한입 베어 먹는 어묵과 멸치와 무, 대파를 넣고 팔팔 끓인 국물은 살짝 지친 몸을 뜨끈하게 데워 기운을 돋운다.

일이 끝나고 우리는 홍천 은행나무 축제로 함께 넘어갔다. 희연이는 고마움의 표시로 엄마들에게 핫도그와 호떡을 사주었고, 우리는 핫도그를 손에 쥐고 샛노란 은행나무 숲을 하하호호 산책했다.

희연이는 고추를 딴지 4일 만에 고춧가루를 들고 나타났다. 새빨간 색에 어찌나 매콤한지. 요리에 살짝만 넣어주어도 식

욕을 돋우는데 최고다. 그리고 고춧가루 봉지에는 마음이 담긴 편지도 있었다.

'은미언니~ 언니야. 맛있는 고춧가루 먹고 힘내서 희연이를 이뻐해주세요. 1년 농사지어서 주고 싶은 사람을 생각해봤어요. 나의 시간과 기쁨을 함께 나누고 싶어요. 같은 곳에 함께여서 행복합니다. 소중한 인연이 될 희연이가.'

그렇다. 봉지 속 새빨간 고춧가루는 따스하고 보드라웠다. 지칠 듯 뜨겁고 매서운 인생의 계절을 지나 맺은 결실이랄까. 고춧가루를 매만질수록 희연이의 땀과 눈물이 느껴져 마음이 뭉클했다. 우울과 자살이라는 굴레에서 벗어난 희연이는 '죽을 때 가져가는 건 없어. 있는 거 잘 나누고 살자. 순간을 행복하게 살자'를 외치며 자신만의 행복과 여유로 하루를 살아간다. 희연이에게는 베푸는 시간이 곧 행복의 시간이었다.

밭에 있을 때 한 엄마가 말했다.

"전원일기 몇 화는 찍겠다. 작가님께 우리 이야기를 보내드리자."

"이렇게 매번 행복해서 어쩌나?"라고 하면 "우리 열심히 행복하자!"라고 말한다.

서로의 시간과 기쁨을 나누며 내일의 행복을 또 기대한다.

최고의 오지랖,
열정의 벼룩시장

"여기에 애들이 얼마나 산다고 도서관을 지어?
쓸데없이… 목욕탕이나 짓지."

내면에 도서관이 지어질 때 돈 소문이다. 산골 어르신들의
반응은 호의적이지 않았다. 면장님도 아이들을 위한 일에 그
다지 반기지 않는다는 소문이 돌았다. 홍천군 내면은 대한민
국의 읍, 면, 동 중 가장 넓은 지역이지만 초등학생은 70여명
으로 적은 아이들이 살고 있다. 인적이 드문 산골에 흩어져
살고 있으니 길에서 아이들을 보는 것도 쉽지 않다. 눈에 띄
지도 않는 아이들에게 마을이 관심을 주고 무언가를 해주기
를 기대하는 건 부모들의 욕심인가 싶기도 하다.

내면이라는 큰 마을에 아이들이 모여 놀거리, 먹거리를 즐기는 기회는 지금껏 한 번도 없었다. 그래서 우리는 학부모 주관으로 벼룩시장을 열자는 의견이 자주 나왔다.

"애들도 별로 없는데 행사가 되려나?"

"먹거리를 팔면 동네 식당들이 좋아할까요?"

아이들이 함께 즐기는 문화를 마을에서 경험하게 해주고 싶지만, 한편으로는 싸늘한 반응이 이어지기도 했다.

그러나 이번에는 말로만 끝나는 게 아니라 정말로 벼룩시장을 열기로 했다. 그 중심에는 학부모회장인 하나가 있었다. 하나는 한 달 동안 교류 학생으로 온 아이의 엄마였다. 자연을 벗 삼아 신나 하는 아이를 보며 전학을 결정했고, 이년 넘게 산골에 살고 있다. 그러다 올해는 학부모회장까지 맡게 됐다.

벼룩시장을 위해 발 벗고 나서는 하나를 보며 다른 엄마들도 팔을 걷어붙였다. 아이들이 할 수 있는 체험들을 고민하고 먹거리를 결정했다. 그리고는 바로 지역에 벼룩시장을 알리기 시작했다. 알릴수록 규모는 커졌고, 아이디어는 많았지만 그 일을 해낼 사람은 턱없이 부족했다. 날이 다가올수록 고민은 커져 갔다.

"20명도 안되는 우리가 이 많은 걸 어떻게 운영해?"

"언니, 이제 그만 벌려요. 이미 충분해요. 사람이 없어."

"모든 엄마들이 부스를 맡으면 어린 아이들은 누가 돌봐?"

엄마들의 고민과 질문이 하나에게 쏟아졌다. 전교생의 엄마들이 다 참여해도 답이 안나와 여기저기서 답답함이 솟구쳤다.

고민이 많았던 하나는 어느 날 아들과 함께 축구를 하러 체육공원에 갔다. 대학생 2명이 터덜터덜 축구화를 들고 오고 있었다. '우리 마을에 저렇게 건장한 대학생이 있었나?' 하나는 이건 기회다 싶어 대학생들에게 "안녕하세요. 여기에 살아요?"라며 인사를 건넸다. 그리고는 다짜고짜 벼룩시장을 설명했다. "우리 아이들이 여기서 즐길 것도 없고 함께 교류할 것도 없잖아요. 그래서 5월에 벼룩시장을 하려고 하는데, 사람이 없어서 도움이 필요해요. 벼룩시장에 와 줄 수 있어요? 마을을 위해 큰 일 하는 건데." 갑자기 훅 던진 요청이었다.

그러자 대학생들은 이런 날을 기다렸다는 듯이 웃으며 대답했다. "언제 해요? 저희도 여기 졸업생이예요. 아이들에게 너무 좋을 것 같아요."라며 아는 후배들까지 데리고 오겠다고 약속했다. 생각지도 못했던 봉사자가 생겼다. 몇 명이 올지는 모르겠지만 의지가 되었다. 봉사자는 눈덩이처럼 불어났다.

소식이 천리만리 퍼졌는지 생태 유학을 왔다가 돌아간 가족, 졸업한 가족들도 모두 와서 돕기로 했다.

'부족한 인력은 어떻게든 해결되겠지'라며 조금 안심하자마자 이번에는 예산이 걱정이었다. 수익금을 기부하기로 했는데 수익을 낼 자신이 없었다.

"적자가 아니면 다행이야!"

"한 사람당 일이만원씩 준비해와서 우리가 요리하고 우리가 사 먹자. 그럼 기부할 수 있겠지."

"그래! 우리끼리 즐기자!"

벼룩시장이 풍성하길 바랐다. 아이들이 왔을 때 여러 가지 체험을 하며 즐겼으면 했다. 그리고 손에 뭐라도 받아가는 기쁨도 주고 싶었다. 그러려면 지역의 관심과 자발적인 참여가 절실했다. 하나는 자주 가는 카페에서 여느 때처럼 커피를 마시고 있었다. 그리고는 조심스럽게 사장님을 향해 여쭈었다.

"사장님! 벼룩시장 때 경품으로 음료 한 두잔 후원해 주실 수 있을까요?"

벼룩시장의 좋은 취지를 가릴까 봐 고민에 고민을 거듭하며 던진 요청이었다. 그런데 이게 웬일인가. "아이고. 한 두잔 가지고 되겠어? 내가 스무디 열잔 쏠게!" 사장님의 말이 끝나기 무섭게 앞집 치킨집 사장님이 들어오셨다. 카페 사장님은 "언니~ 아이들한테 치킨 한 마리 풀어!"라며 당당히 요구했다. 말 한마디에 스무디 열 잔과 치킨 한 마리가 생겼다.

그때부터 하나는 몸에 날개라도 단 것처럼 여기저기를 돌아다녔다. 다른 가게에서도 눈꽃빙수, 탕수육을 후원받고 현금이나 숙박권, 의약품, 비눗방울 등을 후원받았다. 하나하나 퍼즐이 맞추어가듯 막연했던 벼룩시장 준비는 완성되어 갔다.

드디어 행사 당일 이미 피곤에 지친 몸을 이끌었다. 체험부스에서 사용할 양말목과 벼룩시장에 필요한 각종 물건에 솜사탕 기계까지. 차가 터져 넘칠 정도로 어마어마한 물건들을 싣고 체육공원으로 향했다. 도착 후 짐이 많아 물건들을 나를 생각만으로도 지친 나에게 건장한 남학생들이 다가왔다. "물건 좀 들어 드릴까요?" 우리마을 학생들이 얼마나 친절하던지. 자원봉사자들로 인해 처진 어깨가 펴지고 얼굴에 미소가 살아나기 시작했다.

나는 체험부스인 양말목 공예를 맡았다. 양말목으로 네잎클로버 키링과 팔찌, 냄비 받침을 만드는 방법을 시연해야 했다. 손재주가 없는 나는 전날 밤 유튜브 영상으로 방법을 익히느라 낑낑댔다. 당일 날에도 '이게 맞나?' 쩔쩔매며 겨우겨우 했는데, 숨 돌릴 틈도 없이 참여자들이 몰아닥쳤다.

"안녕하세요. 체험할 수 있어요?"

"네. 여기 샘플 중에 만드시고 싶은 걸 고르세요."

"얼마예요?"

"무료예요."

만든 작품을 가져갈 수 있어서 아이들과 어른들은 좋아했다.

"이모~ 무료 체험이라서 너무 좋아요. 돈 내야 되는 것도 있는데 이건 공짜잖아요"

"키링이랑 팔찌 다 만들어도 되요?"

아이들은 너무 신나했다. 멀리서 찾아온 얼굴을 잘 모르는 친구들과는 인사를 나누었다.

"너희 모두 친구야? 어느 학교 다녀?"

뱃재고개를 넘어온 옆마을 학부모들도 찾아왔다.

"양말목만 보면 그냥 그런데 만드니까 너무 이쁘네요. 언니! 이리와봐. 이거 만들어. 너무 예쁘다!"

"옆동네에서 왔는데 체험 할 게 너무 많네요!"

만드는 법을 알려주며 이야기를 나누다보니 시간 가는 줄을 몰랐다. 바쁜 부스에 있다보니 우리 하영이는 잘하고 있는지 물건은 잘 팔고 있는지 잘 즐기고 있는지 도무지 알 수가 없었다. 하영이는 시간이 한참 지난 후 부스로 오더니 들뜬 말투로 말했다.

"엄마! 친구들이 내 옷 500원에 사줬어. 나도 친구꺼 사고!"

말이 끝나기 무섭게 먹을거리와 물건 파는 곳으로 고개를 돌려 뛰기 시작했다. 여기저기 즐길 거리가 가득하니 펄쩍펄쩍 신이 난 모양이었다. 게다가 고요한 산골 마을에 사람이 북적대고 깔깔대는 소리가 터져나오니 아이들은 얼마나 흥이 났을까. 랜덤 댄스시간에는 "춤추려고 하면 그때마다 동요가 나왔어"라며 춤을 신나게 추지 못해 아쉬워했다. 그러면서도 행사가 마무리될 즈음 미소진 얼굴로 친구들과 공원에 널린 쓰레기를 줍기 시작했다.

행사가 끝난 후 곳곳에서 들려오는 이야기는 놀라웠다. 내년부터는 내면에 모든 학교들이 예산을 책정해서 함께 벼룩시장을 진행하기로 했다. 하나의 제안으로 지역 전체를 흔들 만큼 큰 행사가 치러졌고 그 파급효과는 우리의 상상을 뛰어넘었다. 하나는 말했다.

"언니~ 이번 행사는 내가 부릴 수 있는 최고의 오지랖이었어!"

나는 본래 내면의 주민들이 아이들에게 큰 관심이 없다고
여겼다. 어린이를 위한 지역 행사 한번 진행한 적이 없고 아
이들이 유일하게 이용할 수 있는 도서관을 세울 때도 반대하
는 어르신들이 많이 있다고 들었었다. 그러나 벼룩시장을 준
비하면서 그렇지 않은 마음들을 보았다. 기다렸다는 듯 행사
에 자신의 것을 내어주며 적극적으로 참여하고 격려를 아끼
지 않았다.

"우리 마을에 아이들이 이렇게 많았어."

"아이들이 뛰어노는 모습을 보고 웃는 소리가 들리니 좋
네."

"이런 행사인지도 모르고 너무 늦게 갔어."

한사람으로부터 시작된 열정의 나비효과는 놀라웠다. 생각
보다 우리는 얼마나 가까이 연결되어 있는 걸까. 서로 나란히
손을 마주 잡고 둥글게 원을 그리며 살아가는 건 아닐까? 그
렇기에 한 사람의 작은 움직임일지라도 가까이 있는 누군가
에게 전해지고 전해져 물결로 퍼져나가는 듯하다. 나로부터
시작되는 선한 영향력을 넓혀 나가길 나 또한 소원해본다.

나도 할래!
행복 할래!

　　교류학생으로 한 달 정도 머물다 가는 친구들이 머무는 숙소 중에 '오대산 별장'이라는 곳이 있다. 별장 사장님과 대화하는 중에 아이들과 음악회를 하면 좋겠다는 이야기가 나왔다. 오대산 별장은 넓은 잔디밭 정원이 있고 둘러싼 돌담과 펜스에는 빨간 장미들이 줄지어 있어 화사함을 자아냈다. 거기에 조명이 더해지면 분위기까지 황홀해져 아이들과 좋은 시간을 보내기에는 완벽한 장소였다. 말이 나오면 바로 실행하는 엄마들. 우리는 작년부터 학기마다 음악회를 열었다.

　　아이들은 자신있게 무대로 나와 오른손으로 피아노를 연주

한다.

'솔솔라라솔솔미 솔솔미미레 솔솔라라솔솔미 솔미레미도'

곡명은 〈학교종이 땡땡땡〉이다. 쉬운 연주이지만 이 연주를 위해 열심히 연습했다. 아이들과 엄마들은 우레와 같은 박수로 화답한다. 간단한 연주를 시작으로 노래와 음악없는 댄스까지. 어설픈 것 같아도 아이들의 열정이 대단하다.

어느덧 세 번째 작은 음악회가 열렸다. 이제는 아이들의 기획력이 높아졌다. 학교에서 쉬는 시간에 무엇을 할지 고민하고 연습한다. 준비하는 시간이 늘어나면서 공연도 늘어난다.

"저는 노래 3곡이랑 악기 연주하고 춤을 출 거예요." 하고 싶은 게 많아서 혼자 혹은 여럿이 다섯 번이나 나와 발표하겠다는 아이들이 많았다. 공연 시간이 길어지면 너무 힘들것 같아 한 사람당 세 번으로 제한했다.

발표 횟수가 줄어 아쉬움을 감추지는 못했지만, 음악회가 열리고 노래, 춤, 악기를 연주할 때는 누구보다 진지해지고 열심이었다. 다른 친구들의 발표시간에는 노래를 따라 부르거나 앉아서 춤을 추고 끝난 다음에는 함성과 함께 박수를 쳤다. 그 흔한 피아노 학원도 다니기 힘든 이 산골에서 아이들은 학교에서 배운 피아노, 바이올린, 플롯 경험을 살려 짧은 연주를 한다.

'미레도레미미미 레레레 미솔솔 미레도레미미미 레레미레도' 아이는 짧은 연주에 심취한 나머지 눈, 코, 입이 모두 움직이는 듯한 표정으로 연주했고 아이들과 엄마들은 환호했다. 많은 공연 중 가사가 귀에 들어오는 노래가 있었다. 초등학교의 마지막 학년을 보내는 6학년 두 언니의 노래였다. 아이들은 가사를 전달하려고 발음을 또박또박 한음씩 불렀으며 얼굴에는 미소가 가득했다. 어깨가 물결치듯 좌우로 움직이며 〈행복할래〉를 외쳤다.

Happy

어른들이 자꾸 물어봐

커서 뭐가 되고 싶은 지를 물어봐

정말 힘든 질문이야 답이 너무 많아

먹고 싶은 게 많아서 꿈도 너무 많아

나쁜 사람 체포하는 경찰

위용위용 불끄는 소방관

지금처럼 랩을하는 래퍼

얍!얍!얍! 멋진 태권도장 관장

뭐가 됐든 행복하면 됐지

뭐가 됐든 함께라면 됐지

사실 내가 진짜 되고 싶은 건

세상에서 가장 행복한 사람

나는 할래 행복할래

뭐가 됐든 나는 행복하게 살래

나는 할래 행복할래

뭐가 됐든 나는 행복하게 살래

아이들이 행복을 찾는 건 당연한 건데, 왜 이리 먹먹한 걸까. 그렇게 살도록 두지 않는 세상 아닌가. 학교 끝나고 학원에서 학원으로, 늦은 밤까지 책상에 억지로 앉아 있는 아이들. 마치 현재는 미래에 무언가를 이루기 위해 고군분투해야 할 때인 듯.

'나는 할래, 행복할래.'

또랑또랑한 음성으로 열창하는 모습에 눈시울이 뜨거워졌다. 무대에서 반짝반짝 빛나는 아이들의 눈은 인생에서 소중한 게 무엇인지 아는 듯했다. 이런 아이들이라면, 무슨 일을 하든 행복을 그리며 살아가겠구나 싶어 가슴이 벅차올랐다.

작년에 하영이 반 아이들끼리 갈등이 생겨 네 명을 데리고 방과후에 공감 수업을 한 적이 있다. 세계에서 행복지수가 높은 나라 중에 하나는 덴마크이다. 덴마크는 어린 나이부터 청소년에 이르기까지 공감 능력을 기르는 교육을 일주일에 한 시간씩 하는 것으로 알려졌다. 그리고 미국 언론은 덴마크 사람들의 공감 능력이 덴마크를 가장 행복한 나라로 만들었다고 해석했다.

나는 공감수업을 하면서 아이들에게 물었다.

"얘들아, 우리나라 사람들은 얼마나 행복할까? 행복한 순서로 순위를 정한다면 우리나라는 세계에서 몇 위일까?"

아이들은 아무렇지도 않게 "2위요", "3위요" "1위요"라고 대답했다. 3위 아래로는 내려가지 않는 높은 순위를 외치는 아이들을 보며 놀라기도 하고 다행이라고 느꼈다.

최근에 우리 사회는 아이들 삶의 질에 관심이 높아져, 여러 연구에서 아이들의 행복 수준을 비교하는 경향이 있다. 연구결과를 보면 아이들은 행복한 편이라고 이야기하지만, OECD 평균 점수와 비교하면 우리나라 아이들의 행복은 상대적으로 낮게 나온다. 산골에서의 아이들은 우리가 1위라고

쩌렁쩌렁 외친다. 그 모습에 마음이 환해졌다. '우리 아이들은 아직 행복하구나'라는 안심과 함께 이 행복을 어른이 되었을 때도 잃지 않길 바라게 되었다. 부모나 학교가 원하는 그리고 사회가 말하는 행복이 아닌 내가 생각하는 행복의 길로 한 해 한 해 걸어 나가길 바라본다.

슬픔이 선물이 된
기적

　　딸이 다니는 초등학교에는 손자, 손녀를 바라
보는 눈빛으로 아이들과 함께하는 사랑 많은 할머니가 계신
다. 바로 교장 선생님이시다. 3년 전 타학교에서 교감이었던
선생님은 우리 학교에 교장으로 발령이 났다. 전교생이 8명
인, 이 깊은 산골 학교에 부임하면서 당황하셨다. 우리 학교는
한 반도 되지 않는 아이들 숫자에 폐교 논의가 끊이지 않는
곳이었다.

　'그토록 기다리던 교장 발령인데 이게 무슨 일이지?'

　'한 학급도 안 되는 아이들로 무슨 계획을 세우고 운영을
해'

발령 당시에는 너무 힘드셨단다. 그러나 우울한 마음도 잠시, 교장 선생님은 '사랑을 듬뿍 주자'라는 마음으로 본인이 할 수 있는 일을 찾으셨다.

깊은 산골에 사는 아이들은 생태체험학습을 위해 사시사철 마을로 나간다. 그리고 그 길에는 항상 교장 선생님도 계신다. 계곡이든 숲길이든 여기저기를 두리번거리시며 눈에 불을 켜고 아이들에게 보여줄 거리를 찾으신다. 어느 봄날 산길을 걷다 얕은 계곡이 나오자 교장 선생님은 바로 운동화와 양말을 벗고 물에 들어가셨다. 이리저리 고개를 돌리고 물 밑을 보며 돌 들추기를 반복하시더니 드디어 무언가를 잡으셨다.

"애들아! 이리 와 봐. 얘가 가재야. 물이 깨끗해서 가재가 살고 있는 거야."

"우와! 저도 만져 볼래요."라며 물에 들어가지 않았던 아이들도 신발을 벗기 시작한다. 가재의 긴 수염과 꼬불거리는 다리를 보며 직접 손으로 잡아본다.

잠시 후 교장 선생님은 다시 아이들을 부르신다.

"애들아! 이 것 봐. 겉에 투명한 막으로 둘러싼 얘네는 도롱뇽알이야."

"우와! 젤리 같아."

"징그러워요. 저는 보기만 할래요."

자세히 살펴보고, 만져보다가 조심스럽게 다시 놓아주기를 반복한다.

한번은 생태체험학습으로 계곡에서 잡은 물고기를 관찰하고 있는데 아이들이 그리 신나 보이지 않았다. 7월이지만 계곡물은 차디찼고 수영복을 입은 아이들은 발만 겨우 담그고 있었다. 이 모습을 보자 교장 선생님은 찬 계곡 물에 첨벙첨벙 걸어 들어가시더니 아이들에게 천천히 물을 뿌리기 시작하셨다.

"얘들아~ 냇가에서는 이렇게 놀아야 재미있는 거야."

교장 선생님으로부터 시작된 물놀이는 다른 선생님들과 아이들을 냇가에 들어가게 했다. 고학년 남자아이들을 물에 빠트리기도 하고, 아이들에게 거대한 물 파도를 만들어 뿌리기도 하셨다. 찬물에 빠진 아이는 "오~ 시원하다~"라며 거드름을 피우기도 한다. 어린 여자아이들은 "아 물총이 있어야 되는데." 하더니 가지고 있던 수경 채집통에 물을 담아 선생님들께 뿌리기 시작했다. 무방비 상태인 선생님들은 채집통으로 얼굴만 간신히 가린 채 냇가 중앙에 몸을 쭈그린 채로 옷이 흠뻑 젖었다.

눈에 물이 들어갔다고 울면서 교장 선생님께 안긴 아이, 양 팔을 풍차 돌리듯 돌려 물 공격을 하는 아이, 그중에서 제일 쎈 건 3학년 담임 선생님의 공격이었다. 물뿌리는 힘을 당해 내지 못하는 아이들을 보며 3학년 학부모가 나섰다. 웃으면 서 복수 해 줄 듯 물속에 들어가지만 되려 물폭탄을 맞고 줄 행랑을 친다. 선생님은 학부모에게 "후회한다니까요~"라며 껄껄 웃고 그 모습을 보는 우리는 어린 시절의 추억에 젖어 갔다.

"까악!"

"하하하하."

돌고래 같은 높은 톤과 해맑은 웃음소리까지 더해 흥분이 가실 줄 모른다.

교장 선생님은 교장실에 계시거나 아이들끼리 놀게 할 수 도 있지만 언제나 생태학습에 함께하려는 마음이 더 크다. 사 실 교장 선생님은 교장실에도 혼자 계시지 않는다. 교장실은 아이들과 학부모들에게 수시로 열려있다.

아이들에게 사랑을 듬뿍 주기로 결심하면서 교장선생님이 제일 먼저 한 일은 교장실의 문턱을 낮추는 일이었다. 주말에 사비로 꼭 사오시는 '마이쮸'. 아이들은 마이쮸가 먹고 싶을 때마다 교장실에 마음 편하게 찾아간다. 어느 날 학부모들이 학교에 간 날이었다. 교장 선생님은 시원한 거 하나씩 마시고 가라며 우릴 교장실로 부르셨다. 함께 테이블에 둘러앉아 음료를 마시며 이야기를 나누는데 문을 두드리는 소리가 났다.

'똑똑'

"네"

문을 열고 아이들은 인사를 한다. 그리고 해맑은 표정으로 말한다.

"교장 선생님. 마이쮸 먹어도 되요?"

마이쮸를 먹고 싶을 때마다 교장실에 문을 두드리며 아이들이 찾아온다. 교장 선생님은 환히 웃는 얼굴로 "왔어?" "거기 있는 마이쮸 꺼내 가".

엄마들이 있어 긴 대화가 오고 가지는 않았지만, 마음이 힘든 친구들은 교장선생님과 티타임을 가지며 평소에는 할 수 없었던 대화를 하고 고민들을 함께 풀어간다.

처음 우리 학교에 오셨을 때 교장 선생님은 기도하셨다.

"저에게 스무 명의 아이들만 보내주세요. 뭐든 열심히 해보겠습니다."

교장 선생님은 아이들을 위한 일이면 뭐든 발 벗고 나서신다. 늦게까지 학교에서 놀고 가면 어느 시간이든 문지기 역할을 자처하셨다. 어두워져도 집에 보내는 게 아니라 "실컷 놀아. 놀면서 자라야 된다."라며 노는 시간을 응원하신다. 학교 일정이나 활동을 정할 때에도 아이들과 학부모들의 의견을 바로바로 반영해 주신다. 감사하게도 우리 학교에는 이제 스무 명이 넘는 학생들이 즐겁게 학교를 다닌다. 학교를 못 가면 아쉬워하는 아이들을 보는 게 행복하다. 교류학생으로 왔던 한 아이는 며칠도 안 되어 엄마한테 말한다. "엄마! 학교는 엄마 같아. 엄마처럼 너무 좋아."

우리 교장 선생님은 아이들에게 교과서에 없는 걸 가르치신다. 여름이면 물속에 첨벙 뛰어들어 놀 줄 알도록, 물고기를 신기해하도록, 나무를 사랑하도록. 그래서 세상에는 소중한 것, 즐길 것이 많다고 알려주신다. 자연속에서 배우는 즐거움은 아이의 눈빛을, 삶을 얼마나 빛나게 할까? 넉넉한 사랑이 포도송이처럼 맺히는 여름, 웃음은 학교 담장 너머 메아리치고 아이들은 무성하게 자라난다.

요즘 들어 하영이가 슬퍼한다. 잠잘 시간 대화가 시작되었다.

"엄마! 교장 선생님이 좋은데 올해가 마지막이시래. 교장 선생님 가시면 어떡하지?"

슬퍼하는 하영이에게 말했다.

"하영아~ 모든 인연은 만났다가 헤어지게 되는데, 헤어질 때 네가 너무 슬프면 그건 그 사람이 너한테 소중한 사람이라는 뜻이야. 너무 소중한 사람일수록 헤어질 때 많이 아프단다. 그러나 헤어져도 그 사람은 사라지지 않고 그 어딘가에서 열심히 살아가며 너를 응원할 거야. 너도 그 사람을 응원하고 그리워하겠지."

하영이는 그 감정을 바로 느꼈다.

"맞아. 엄마. 우리 할아버지 돌아가셨을 때도 너무 슬펐잖아."

"그래그래. 너무 사랑했던 할아버지지만 때가 되어 헤어졌잖아. 할아버지와 헤어질 때 우리 너무 힘들었고 슬펐지. 그건 할아버지가 우리에게 너무 소중했고 너무 사랑했다는 의미를 깨우쳐 주신 거야. 그래서 이별이라는 건 우리에게 아주 소중한 걸 남기지. 그건 너에게 나에게 소중했다는 거. 그것만으로도 우리는 큰 선물을 받았다고 생각하자."

하영이와 나의 슬픔을 선물로 만든 기적의 밤이 지나간다.

깊은 산골
주치의

어느 날 하영이가 걱정스러운 눈빛으로 말했다.

"엄마! 내가 이가 아픈지 오래됐는데 치과 가기가 싫어서 말을 안 했어."

이전에 한번 충치를 오래 방치했다가 힘들게 치료한 경험이 있어서 마음이 급해졌다. 부랴부랴 주변에 수소문하며 치과를 알아봤다.

"따르릉"

"네 안녕하세요. 아이 충치 치료 좀 받으려고 하는데요. 예약 가능할까요?"

"아. 저희는 아이들을 어린이 치과로 안내해드리고 있습니다."

"저희 아이는 열두 살인데요."

"네 어린이 치과로 가시면 좋겠네요."

"지금 충치 치료를 못 받는다는 말씀이세요?"

"아~ 어린이 치과로 가시면 좋을 것 같아요."

"그럼 몇 살이 되어야 진료가 가능한가요?"

"중학생은 되어야 해요."

치과에서 예약을 받아주지 않는 건 처음이었다.

그 치과는 사는 곳에서 가장 가까운 치과로 평창으로 33km 만 나가면 갈 수 있다. 새로 생겨서 깔끔하고 서비스도 좋단 다. 그런데 이게 무슨 일인가? 아이들을 받지 않는단다. 뭔가 확실한 이유를 말하지도 않았다. 대놓고 거절하지는 않았지 만 기분이 나빴다. 어린이 치과가 있는 춘천을 가려면 100km 는 나가야 하니 부담스러웠다. 그나마 가까운 홍천, 양양, 속 초 등 후기가 좋은 곳으로 알아봤다. 족히 열 곳은 전화한 것 같다. 분명 된다고 했는데 어린이라고 하니, 아이는 예약을 해 야지만 올 수 있다며 열흘 이후에야 예약이 가능하단다. 어느 곳은 보철 전문이란다. 또 다른 곳은 아이가 충치 치료 경험 이 있냐고 묻는다. 쉽게 갈 수 있는 치과가 이렇게 없다니. 시골에서 병원 가기가 그렇게 힘들다더니 연거푸 한숨이 나오고, 지쳐갔다.

산골에 살면서 갑자기 어딘가가 아프면 불편함을 감수해야 한다. 넘어져서 엑스레이 하나만 찍으려고 해도, 감기에 걸려 이비인후과를 가려고 해도 차로 한 시간은 달려가야 하니 보통 힘든 일이 아니다. 한번은 학교에 독감이 돌 때 하영이도 열이 났다. 마침 도시에 나간 아는 엄마가 자기 아이 약 지을 때 더 지어다 주겠다며 전화가 왔다. 산골에서의 힘듦을 아니 서로 동지가 되어 아이들을 키워간다.

어르신들이 많은 시골에 제일 많이 생기는 병원이 치과란다. 임플란트 고객들이 많아 아이들에게는 신경을 못 쓰는 걸까? 제일 많다는 치과도 가기 힘든 경험을 하면서 동네 병원이 떠올랐다. 깊은 산골 내면에서 이십 년을 넘게 환자들을 돌봐온 창촌의원이다. 이제 60세를 바라보는 부부는 이 산골에 어떻게 들어와서 이십 년 가까운 시간 묵묵히 자리를 지키고 있을까? 아빠가 발에 감각이 없어 화상을 입은 것도 모르고 하루가 지났을 때도, 학부모가 요리하다 채칼에 다쳐 피가 철철 날 때도, 남편이 예초작업을 하다가 말벌에 쏘였을 때도 14km만 가면 창촌의원이 있다.

도로변에 단독 건물로 서 있는 의원에 문을 열고 들어가면 자그마한 홀에 일렬로 줄지은 의자들이 놓여 있다. 어르신들은 의자에 앉아 간호사 선생님과 대화가 한창이다. 의사 선생님과 간호사 선생님은 평상복을 입고 계셔서 동네 아저씨, 아줌마 집에 들어온 것 같다. 자주 본 사람처럼 인사가 오간다.

　"왔어요?", "몸은 좀 어떠셔?", "아파서 고생했겠네. 빨리 오지"라며 찾아오는 환자들과 사랑방에서 이야기 나누듯 이름까지 부르며 챙긴다. 아빠가 발가락에 화상을 입어 모시고 갔을 때에도 "목사님 오셨어요? 걷는 게 불편하시네. 무슨 일이예요?"라며 살갑게 맞이해준다. 화상을 치료하면서 반창고 하나를 처치하면서도 얼마나 정성스럽게 감싸고 또 감싸는지. 뭐든 대충은 없다.

　"이렇게 감아야 편할 것 같아요."

　"아프실텐데 잘 참으시네."

　"많이 좋아졌어요."

　코로나19 이전에는 마을 주민들이 걱정되어 쉬는 날도 없이 책임감 하나로 병원 문을 열었다고 한다. 너무 무리가 되었는지 결국 건강이 나빠져서 지금은 시간을 정해 운영하고 있다. 어르신들의 헛걸음을 무시할 수 없었던 부부. 운영 시간은 정해져 있어도 마음은 여전히 온통 환자들에게 향해있다.

창촌의원 의사선생님과 간호사선생님은 깊은 산골 우리의 주치의다. 그 젊은 삼십대에 사명감으로 깊은 산골에 들어왔 겠지만 왜 힘들고 외롭지 않았겠는가. 그래서인지 우리 부부가 병원에 갈 때마다 간호사 선생님은 말씀하신다.

"아니 젊은 사람들이 왜 이 산골에 들어왔어? 빨리 나가요. 여긴 친구도 없고 너무 힘들어."

산등성이 너머로 해가 지고 주변이 어둑해졌다. 행인은 없고 이따금 자동차만 지나다니는 휑한 도로변 한복판, 우두커니 서 있는 창촌의원은 밤바다의 등대처럼 누군가를 기다리고 있다. 이 자그마한 병원이 있어 어찌나 든든한지. 이익과 편리가 우선인 시대에 사람을 소중히 여기는 마음을 배운다.

살아가고 살아내는
깊은 산골 살이

한 여름 손님을 맞이해서 한 상 차렸다. 밭에 심었던 상추, 고추, 토마토 같은 싱싱한 채소들을 바로 따서 먹으면 다른 반찬이 필요 없다. 어느 날 손님은 녹색 윤기가 도는 피망을 장에 찍어 아그작 씹으며 말했다.

"피망이 너무 맛있어요."

"그죠. 파프리카처럼 달달하지요? 원래 노랑 파프리카 모종을 사서 심었는데 자라고 보니 피망이네요."

피망인데 쓴맛이 조금도 없고 파프리카처럼 달달하면서 수분을 머금고 있는 아삭함이 좋았다. 사실 노랑 파프리카 모종을 사서 심었는데 자라고 보니 녹색 피망이 나오는게 아닌가.

피망 모종을 파프리카 모종이라고 판 아저씨에게 구시렁대기는 했지만 맛있는 피망을 여름 내내 열심히 따먹었다.

그러던 어느 날이었다. 며칠 손님이 안계셔서 피망을 안 따고 두었는데 그 사이에 초록색 피망이 노랑색으로 조금씩 바뀌고 있는 게 아닌가. 그때 알았다. 노랑 파프리카가 처음부터 노랑색으로 나오는게 아니라 초록색으로 나온다는 사실을. 더 기다렸어야 했는데 초보 농부인 나는 착각하고 말았다. 농작물에 이렇게 무지하다니. 파프리카가 어떻게 자라는지도 모르고 농사를 짓고 있으니 앞으로 갈 길이 멀다.

고추, 로메인, 루꼴라, 당근, 양배추, 옥수수, 가지, 명이나물, 눈개승마 등 뭐든 잘 모르지만 펼쳐진 밭에 열심히 심어댔다. 거름이든 약이든 뭐하나 하지 않고 물만 주다보니 속이 꽉 차야 할 양배추는 속이 뻥 뚫려 두세 잎만 피었다. 옥수수는 한 대에 한 개, 많이 달려야 두 개였지만 하나 달린 옥수수조차 듬성듬성 알이 박혀있어 쪄 먹기 미안할 정도였다.

오뉴월 한 창 때 무슨 욕심이었는지 옥수수 모종 1800주를 사왔다. 심을 생각을 하니 엄두를 못냈다. 우선 장에 나가 모종 심는 기계를 사오고 돌이 많은 밭에 옥수수 모종을 심기 시작했다. 돌을 아무리 골라내도 계속 나오는 돌밭. 남편이 밭에 기계를 넣으면 나는 구멍으로 옥수수 모종을 넣으며 '하나, 둘, 하나, 둘,' 박자를 맞추며 하나씩 심어갔다. 밭에 기계를 넣기만 하면 돌들과 부딪혀 남편은 더욱 힘을 주어 반복적으로 넣어주었다. 1800주의 모종을 다 심기도 전에 결국 기계는 고장이 났고 가까스로 옥수수를 다 심었다. 그리고는 손님이나 지인들에게 기대에 부풀어 호언장담을 했다.

"올 여름에는 옥수수 실컷 먹을 수 있어요. 2000개는 나올 거거든요."

그런데 웬 걸, 옥수수 한대당 하나의 이삭이 맺히거나 그것마저도 옥수수 알이 여물지 않았다. 키가 작은 건 말할 것도 없고 쭉정이만 가득해 옥수수 알이 거의 없는 건 버려야 했다. 우선 알이 조금이라도 차 있는 건 모두 따왔다. 바닥에 엉덩이 의자를 깔고 앉아 햇볕과 싸우며 옥수수 껍질을 벗기기 시작했다. 개수가 많다 보니 옥수수를 까는 일도 만만치 않았다. 작은 옥수수들을 일일이 까고 버리는 일을 반복하면서 힘이 드는지 "내년에는 일만 되니까 너무 많이 심지 말아요."라는 이야기도 나왔다.

불을 지피고 솥에 옥수수를 삶기 시작했다. 생긴 건 그래도 역시 우리 마을 옥수수는 알이 탱글탱글한 게 참 맛있다. 쪄

서 손님들과 먹다보니 손님들이 묻는다.

"이 옥수수는 새로운 품종이예요? 찰지면서 생긴 것도 너무 귀여워요."

알이 횡한 부분을 다 잘라내니 옥수수는 정말 작아졌다. 손가락만한 크기의 옥수수가 되어 새로운 품종처럼 재탄생되었다. 3개는 먹어야 하나를 먹은 듯하다. '내년에는 수를 줄이고 거름은 좀 주자'며 조금 더 커질 옥수수를 상상한다. 얼굴이 까무잡잡해지고 기미와 잡티가 올라와 외모는 농부가 다 된 듯한데 여전히 초보 농부의 좌충우돌 삶은 계속된다.

초보 농부로 땀과 노력이 더해질수록 채소나 과일은 귀해져 간다. 어느 것 하나 거저 된 건 없다. 날씨를 확인하고 잎을 관찰하며 진딧물은 없는지 살핀다. 올해는 왜 이렇게 더운지 타들어가는 잎들이 많아 물을 열심히 주었다. 아담한 크기의 오이가 나오기 시작했다. 손님께 오이 하나를 따드리며 가진 생색은 다 낸다. "이게 약하나 안치고 키운 거예요. 너무 맛있어요. 드셔보세요." 받는 사람은 고작 오이 한 개일지 모른다. 몇 번 깨물어 먹으면 없어지는 별것 아닌 오이. 그렇지만 나에게 오이는 식탁에 올리기까지 노심초사하며 들어간 나의 시간과 에너지, 정성이 가득한 대접이다.

깊은 산골의 삶. 아빠 엄마가 20년을 넘게 오가며 환우들을 섬기고 마을을 가꾸며 살아 왔지만 그냥 옆에서 볼 때는 잘 몰랐다. 자연과 함께 살아간 방식들. 농사를 어떻게 지었는지, 손님들과의 삶은 어떠했는지 모두 막연했다. 하지만 사계절을 살아보며 시골 삶에 하나하나 들어와 보니 하늘, 구름, 숲의 나무들, 산나물, 풀잎, 들꽃들의 풍경도 자연의 소리도 친밀해져 간다. 매일 아침 저녁으로 들리는 새소리, 냇가 소리, 바람에 흔들리는 나뭇잎들의 소리는 오케스트라가 되어 산골살이에 아름답게 스며든다.

해마다 햇살이 따사로운 봄이 되어 겨우내 볼 수 없던 잎들이 살아나면 아빠는 산으로 발길을 재촉했다. 가시를 두른 두릅나무 끝에서 삐죽 나오는 두릅을 아빠는 두꺼운 장갑을 끼고 땄다. 가끔 가시에 찔리기도 하지만 자연의 향이 가득한 두릅을 식탁에 올릴 때 아빠의 마음을 알게 된다. 나물이든 농작물이든 뭐든 귀한 먹거리를 손님들 상에 내 놓을 때는 뿌듯하다. 맛있게 드시는 손님들을 보면 나물들과 밭에 자라고 있는 먹거리들이 사랑스러워진다.

주기적으로 방문하시는 손님들과의 만남은 더 반갑다. 방문이 잦아질수록 관계가 깊어지고 일손이 부족한 곳곳에 힘을 보탠다. 방 청소, 홀 청소, 설거지를 돕는 건 기본이다. 눈을 쓸고 있으면 "아이고 이거 보통 일이 아니네. 이거 폭포까지 쓸면 되나? 힘들텐데 우리가 할게." 70대의 어르신들이 눈을 밀어대고 퍼내기 시작한다. 잡초 뽑는 일을 돕겠다며 올 때부터 장화를 챙겨와 허리를 숙여 잡초를 뽑고, 옥수수를 까고 있으면 같이 쭈그려 앉아 옥수수를 깐다. 식탁에 둘러앉아 고구마 줄기를 다듬고, 멸치 똥을 빼며 함께 일하는 재미를 준다.

돌아간 손님들에게는 문자가 온다.

'환대해주셔서 고맙습니다', '귀한 사랑과 대접 받았습니다. 감사합니다'

한창 뒷정리를 하고 바닥에 철퍼덕 주저 앉아있다가도 메시지를 읽으면 마음에 잔잔한 물결이 일어난다. 문득 아빠가 떠올랐다. 지금 이 모습을 보고 계실 아빠를 생각하며 묻는다. '아빠, 저 잘하고 있죠?' 마치 아빠가 옆에서 내 목소리를 듣는 듯이 말이다. 풀 내음으로, 한적한 오후의 햇살로, 매미 소리로 다가오는 아빠의 사랑에 마음을 다잡는다.

손님이 많을 때는 매 끼니를 준비하고 설거지를 하다 보면 쉴 틈 없이 하루가 지나간다. 먼지와 머리카락이 널브러져 있는 곳곳을 청소하고 수많은 거미와 곤충 사체를 치우다 보면 어느 날은 할 일이 산더미여도 뭉그적대는 나를 보게 된다. 하루하루 물 흐르듯 살아가는 것 같지만 '이 깊은 산골에 설거지 봉사를 하려고 다 내려놓았나, 돈이라도 벌러 나갈까'라는 생각이 들 때면 힘이 빠진다. 그럴 때마다 다시 살아내려고 전투적 모드를 취한다. 어떠한 이유로든 안식처에 찾아온 이들이 자연을 누리며 회복되고, 기쁨과 평안을 누리는 아름다운마을에 내가 있음을 다시 떠올린다. 새로운 길이 만들어지고 사막에 강이 내어지는 기대감으로 마을에 방문한 아픈 이들을 위해 더 열심히 기도한다. 그렇게 삶을 살아내려 할 때 다시금 행복을 누린다. 아빠가 살아온 날들이 행복했던 것처럼….

그리운 아빠!

아빠가 없는 삶, 어느덧 두 해가 되어 가네요. 편지를 쓰려
니, 생의 끝자락에서 마지막으로 마음을 나누었던 칠순의 편
지가 떠올라요. 아빠 기억하세요? '아빠가 이렇게 힘든데 이
런 욕심을 부리는 게 맞나 싶지만, 첫 손녀 하영이의 결혼식
까지 꼭 함께하고 싶어요. 아픈 상황을 함께 받아들이며 행복
과 평안으로 오래도록 함께하고 싶어요.'라고 말씀드렸죠. 힘
든 시간 속에 담은 희망이어서 서로의 눈물이 강물처럼 흐르
던 그 순간에도, 아빠는 삶의 마지막이라 여기며 또 유언을
남기셨지요.

슬픔 속에서 피어난 희망의 잉크가 마른자리, 이제는 그리

움이 미소 짓는 편지가 되었네요.

아빠가 떠나신 뒤, 세상은 낯선 풍경이 되었어요. 보이지 않는 아빠는 커다란 그림자가 되어 마음을 채우고, 저는 빈자리를 어찌해야 할지 몰라 헤맸지요. 아빠가 머물던 방, 손길이 스친 모든 게 그대로인데, 세상은 전혀 다른 결을 띠었죠. 방문을 열면 여전히 아빠가 계실 것만 같고, 단풍나무 아래에서는 따스한 햇살 속에 미소를 짓고 계실 것 같았어요. 그래서일까요? 꿈에서도 아빠를 찾았잖아요. "은미야!"하고 부르시는 소리가 들려 "아빠!"하며 방문을 활짝 열었던 꿈. 침대에 앉아 웃고 계시던 아빠를 부둥켜안고 얼마나 울었는지요. 요즘은 마음속에서 울리던 그 따스한 목소리가 점점 저무는 노을빛처럼 아득해져요.

얼마 전 마을의 〈무쇠 난로〉시를 지어주신 시인분의 아내, 교수님과 연락이 닿았어요. 교수님은 아빠의 소천 소식을 듣고 큰 충격을 받으셨다고 해요. 여전히 정정하게 활동하고 계실 줄 알았다고요. 아빠는 아무리 아프셔도, 아픈 사람들을 만나면 봄날의 햇살처럼 생기를 머금고 서 계셨으니까요. 늘 그러셨죠. 찾아뵙지 못한 것이 못내 아쉽다며 안타까워하셨어요.

그럴 때마다 아빠가 남기신 유언으로 인사를 전할 수 있어 다행이에요.

"먼저 하늘나라에 갑니다. 나중에 거기서 만나요."

마지막 인사를 들으시고 교수님이 말씀하시더군요.

"천국에서 목사님과 저희 남편이 반갑게 만나셨겠지요! 반갑기는 하겠지만 서로 누군지 알아보셨을까는 궁금합니다."

하늘에서는 아빠가 그리워하던 분들을 모두 만나셨나요? 생전에 수많은 이별에 가슴 아파하셨는데… 이제는 발길 닿는 곳마다 반가운 재회로, 오랜 그리움은 따스한 미소로 물들고 있겠지요.

아빠가 머물렀던 곳에 저 또한 작은 둥지를 트니, 마음 한편이 참 따뜻해요. 아빠가 걸어오신 길을 걷고, 아빠를 기억하는 이들과 마주하며, 자연에 머물면서 조금씩 깨달아 가요. 아빠는 떠나신 게 아니라, 다만 다른 모습으로 여전히 이곳에 머물고 계신다는 걸요. 아빠와 정을 나누었던 이들이 끊임없이 이 마을을 찾아와 아빠의 이름을 부르며 미소 지어요. 아빠가 남기신 말씀을 되새기며 배우려 할 때, 추억을 나누다 문득 눈가를 적실 때, 아빠가 머물던 공간에는 여전히 아빠의 시간이 흐르고, 아빠가 사랑했던 것들은 변함없이 그 자리에서 따스한 빛을 머금고 있어요.

아빠가 바라보시던 하늘을 올려다보고, 아빠가 들으시던 자연의 소리에 귀 기울이며, 아빠가 걸으시던 산책길을 따라 걸어요. 아빠가 늘 머무시던 단풍나무 아래에 앉아 있으면, 아빠와 오래도록 벗하며 이야기를 나누었던 단풍나무가 아빠의 이야기를 들려주는 것만 같아요. 그럴 때면 아빠의 모습이 눈앞에 선명히 피어올라요. 아침이면 지저귀는 산새들의 노랫소리가 아빠의 하루도 열어주었겠지요? 한때는 소란스럽게만 들리던 그 노랫소리가 이제는 왠지 더 부드럽고 정겨운 속삭임처럼 다가와요.

아빠를 '가난한 부자'라며 시를 써주신 시인분이 마을에 찾아오셨어요. 저에게 말씀하시더라고요. 지금껏 아빠라는 커다란 나무 뒤에서 꽃처럼 피어 보살핌을 받으며 지내왔다고요. 이제는 스스로 거센 바람을 마주할 때가 되었다며 응원해주셨죠. 고개를 끄덕이며 "그렇죠"하고 웃었지만, 속마음은 조용히 속삭였어요.

"나도 수없이 넘어지고 길을 잃으며 힘겨운 순간들을 지나왔는데…"

누군가의 눈에는 제가 머문 자리가 늘 꽃으로 가득한 정원이었나 봐요. 그 꽃밭에도 바람은 불고, 보이지 않는 뿌리 밑에는 고된 시간이 흐르고 있었는데 말이지요.

엄마 건강이 나빠져 뇌경색이 재발 되었을 때, 저는 또다시 그 꽃밭 속에서 길을 잃었어요. 어느 병원, 어느 의사를 만나야 할지, 위험할 수 있다는 수술을 받아야 할지, 재활 치료는 어떻게 할지. 마흔이 넘어도 쉽지 않은 결정들… 힘이 들면 어느새 "아빠!"하고 부르며 지혜로운 조언을 기다리던 시간. 아빠가 계셨다면 기도해주시고, 힘이 되어 주셨을 텐데. 그런 순간마다 더없이 아빠가 그리워져요.

얼마 전, 아빠의 그림 선물을 제가 받았어요. 이영이가 아빠 그림을 벽에 걸며 말하더라고요.

"제목은 〈우리 목사님〉이라고 하고 싶어요. '우리'가 꼭 들어가야 해요. 목사님이 저를 사랑스럽게 바라보던 그 눈빛을 그대로 담으려고 노력했어요. 여기 오는 사람들이 그 눈빛을 함께 느끼며 위로받았으면 좋겠어요."

그림 앞에 서면, 마치 아빠가 그 자리에 함께 계신 것 같아요. 그림 속 아빠의 눈빛은 우리를 향해 따뜻하게 빛나고 있어요. 어느날 아빠의 오랜 친구분이 오셔서 그림을 보시더니 "안 목사가 살아 돌아왔네"하고 웃으며 말씀하셨어요. 그 말에 우리는 울컥했던 마음을 숨기고, 따스한 웃음으로 그리움을 나누었죠.

이제 깊은 산골살이에 한 걸음 더 스며들어요. 아빠처럼 이른 새벽, 차가운 공기를 들이마시며 고요한 바람에 기대어 하루를 열어요. 추운 겨울이 지나면 아빠가 좋아했던 복수초를 찾을 거예요. 그리고 가만히 눈을 감고 아빠가 자주 부르시던 〈행복〉가사를 떠올릴게요.

화려하지 않아도 정결하게 사는 삶

가진 것이 적어도 감사하며 사는 삶

내게 주신 작은 힘 나눠주며 사는 삶

이것이 나의 삶의 행복이라오

이제는 친구들도 하나둘 부모님과의 이별을 맞이하고 있어요. 우리 모두에게 찾아오는 피할 수 없는 상실이지만, 아빠를 떠나보내며 깨달아요. 상실은 끝이 아니라는 것을요. 그리움은 오히려 더 깊어진 사랑으로 피어나고, 사랑했던 이는 결코 우리 곁을 완전히 떠나지 않는다는 것을요. 일상의 작은 순간들, 무심코 지어 보이는 익숙한 몸짓, 누군가와 나누는 따스한 마음에 영원히 살아 숨 쉬고 있다는 것을요.

사랑하는 아빠, 그곳에서도 행복하시죠?
저도 이곳에서 행복하게 살아갈게요.

아빠가 살아온 날들을 살아갈
큰딸 은미 올림

아빠의 빈구두를
신었습니다

초판 1쇄 발행 2025년 4월 29일

지은이	안은미
펴낸이	최용범
편집기획	강은선 이영희 박승리
디자인	김규림
인쇄	㈜다온피앤피

펴낸곳	페이퍼로드 paperroad
출판등록	제2024-000031호(2002년 8월 7일)
주소	서울시 관악구 보라매로5가길 7 1309호
이메일	book@paperroad.net
페이스북	www.facebook.com/paperroadbook
전화	(02)326-0328
팩스	(02)335-0334
ISBN	979-11-92376-51-6 (03810)

- 이 책은 저작권법에 따라 보호받는 저작물이므로 무단 전재와 무단 복제를 금합니다.
- 잘못 만들어진 책은 구입하신 서점에서 교환해드립니다.
- 책값은 뒤표지에 있습니다.
- 이 책을 인공지능 학습용 자료로 무단 활용하는 모든 시도를 엄금합니다.